1682
SAMMLUNG METZLER

REALIEN ZUR LITERATUR

ABT. E:

POETIK

BENNO VON WIESE

Novelle

8., durchgesehene Auflage

ERSCHIENEN IM DREIHUNDERTSTEN JAHR DER
J. B. METZLERSCHEN VERLAGSBUCHHANDLUNG
STUTTGART

1. Auflage (1.–6. Tsd): 1963
2. Auflage (7.–12. Tsd): 1964
3. Auflage (13.–18. Tsd): 1967
4. Auflage (19.–25. Tsd): 1969
5. Auflage (26.–31. Tsd): 1971
6. Auflage (32.–38. Tsd): 1975
7. Auflage (39.–45. Tsd): 1978
8. Auflage (46.–51. Tsd): 1982

CIP-Kurztitelaufnahme der Deutschen Bibliothek

Wiese, Benno von:
Novelle / Benno von Wiese. – 8., durchges. Aufl., (46. – 51. Tsd.). – Stuttgart : Metzler, 1982.
(Sammlung Metzler ; M 27 : Abt. E, Poetik)
ISBN 3-476-18027-1

NE : GT

ISBN 3 476 18027 1

M 27

 · Druck: Kaisser Druck-GmbH, 7335 Salach

Printed in Germany

Inhalt

Abkürzungen

dt.	=	deutsch
DVjs.	=	Deutsche Vierteljahrsschrift für Literaturwissenschaft und Geistesgeschichte
GRM	=	Germanisch-Romanische Monatsschrift
Jb.	=	Jahrbuch
LE	=	Das literarische Echo
Mh.	=	Monatsheft(e)
PMLA	=	Publications of the Modern Language Association of America
RL	=	Reallexikon der deutschen Literaturgeschichte
ZfÄ	=	Zeitschrift für Ästhetik und allgemeine Kunstwissenschaft
ZfdB	=	Zeitschrift für deutsche Bildung
ZfDk.	=	Zeitschrift für Deutschkunde
ZfdPh.	=	Zeitschrift für deutsche Philologie
ZfdU	=	Zeitschrift für deutschen Unterricht

I. Teil

Das Gattungsproblem 'Novelle'

1

Begriffsgeschichte und Versuch einer allgemeinen Bestimmung der Novelle

Das Wort 'Novelle' entstammt ursprünglich der Rechtswissenschaft und zwar der Gesetzgebung des Kaisers Justinian. 'Novelle' ist darnach der Name für eine Neuigkeit, die dem bereits bestehenden Codex als ein Nachtrag, als eine Erweiterung hinzugefügt wurde. Auch in der heutigen Rechtssprache wird das Wort noch in diesem Sinne verwandt. Das italienische Wort novella = Neuigkeit, das auf das altprovenzalische 'novela' (12. Jahrhundert) zurückgeht, hat jedoch mit dem lateinischen Wort novella der Juristensprache nicht das geringste zu tun. Es meint in der späteren Übertragung auf die literarische Gattung eine Prosaerzählung meist geringeren Umfangs, die ein ungewöhnliches, „neues" Ereignis berichtet. Mit „neu" kann die Geschichte selbst gemeint sein oder auch nur die Art des Erzählens, die sie als neu erscheinen läßt.

Die Novelle als selbständige Gattung hat ihre Geburtsstunde in der italienischen Frührenaissance (vgl. S. 34). In Deutschland tritt das Wort 'Novelle' jedoch erst sehr viel später auf. Im 17. Jahrhundert wird das italienische Fremdwort bei Übersetzungen von Novellensammlungen noch meist mit „Historie" oder „neue Fabel" umschrieben. Zeitgenössische Wörterbücher zeigen, daß das Wort 'Novelle' sich erst seit 1760 langsam durchsetzt. In Sulzers »Allgemeine Theorie der Schönen Künste« (1771/74) fehlt noch ein besonderer Artikel; von der „neuen vermehrten zweyten Auflage" (1792 ff.) an wird es dann bei der Aufzählung der italienischen Novellistik angewandt und später in einem Nachtrag Blanckenburgs von 1796 als „eine

Erzählungsart der Franzosen" bezeichnet. 1751 übersetzt LESSING den Titel des CERVANTES »Novelas ejemplares« noch falsch mit »Neue Beispiele«. Erst WIELAND verwendet 1764 den Gattungsbegriff in »Don Sylvio von Rosalva« und gibt in der zweiten Auflage von 1772 (T. 1, Kap. 4) eine erklärende Anmerkung: „Novellen werden vorzüglich eine Art von Erzählungen genannt, welche sich von den großen Romanen durch die Simplicität des Plans und den kleinen Umfang der Fabel unterscheiden oder sich zu demselben verhalten wie die kleinen Schauspiele zu der großen Tragödie oder Komödie." Trotzdem hat sich das Wort noch nicht endgültig eingebürgert. Noch 1805 muß Wieland in seinem »Hexameron von Rosenhain« die dort erzählten Novellen ausdrücklich gegen märchenhafte Erzählungen abgrenzen: bei einer Novelle, so heißt es in der Vorbemerkung zur »Novelle ohne Titel«, „werde vorausgesetzt, daß sie sich weder im Dschinnistan der Perser... noch in einem andern idealischen oder utopischen Lande, sondern in unserer wirklichen Welt begeben habe, wo alles natürlich und begreiflich zugeht, und die Begebenheiten zwar nicht alltäglich sind, aber sich doch, unter denselben Umständen, alle Tage allenthalben zutragen könnten". GOETHE braucht es bezeichnenderweise noch nicht in den »Unterhaltungen deutscher Ausgewanderten« (1795), hingegen sehr viel später geradezu beispielhaft als Titel für seine eigene Prosaerzählung »Novelle« (1827).

Theorie und Dichtung der Novelle entwickeln sich in Deutschland erst seit der *Frühromantik*. Bezeichnend für die Wort- und Bedeutungsgeschichte wie auch für die weitgehende Abweichung von den großen romanischen Vorbildern, BOCCACCIO und CERVANTES, ist die ungeheure Ausweitung, die der Begriff 'Novelle' seit Wielands simpler Definition von 1772 gefunden hat. Man vergleiche diese etwa mit den Umschreibungen THEODOR STORMS und PAUL HEYSES am Ausgang des 19. Jahrhunderts. Bei Storm heißt es über die Novelle: „Sie ist nicht mehr, wie einst, ‚die kurzgehaltene Darstellung einer durch ihre Ungewöhnlichkeit fesselnden und einen überraschenden Wendepunkt darbietenden Begebenheit'; die heutige Novelle ist die Schwester des Dramas und die strengste Form der Prosadichtung. Gleich dem Drama behandelt sie die tiefsten Probleme des Menschenlebens; gleich diesem verlangt sie zu ihrer Vollendung einen im Mittelpunkte stehenden Konflikt, von welchem aus das Ganze sich organisiert, und demzufolge die geschlossenste Form und die Ausscheidung alles Unwesentlichen; sie duldet nicht nur, sie stellt auch die höchsten Forderungen der Kunst“ (Werke, Bd 8, S. 122). Paul Heyse geht in der Einleitung zum »Novellenschatz« noch entschieden weiter: „Von dem einfachen Bericht eines merkwürdigen Ereignisses oder einer sinnreich erfundenen abenteuerlichen Geschichte hat sich die Novelle nach und nach zu der Form entwickelt, in welcher gerade die tiefsten und wichtigsten sittlichen Fragen zur Sprache kommen...“ (S. XIV). Das sind freilich keine Definitionen der Gattung mehr, sondern bereits künstlerische Programme. Charakteristisch für die deutsche Novelle des 19. und 20. Jahrhunderts ist hieran, daß sie aus einer über Jahrhunderte reichenden europäischen Tradition ausbricht, während die Novelle in Frankreich und Italien weit stärker das blieb, was sie dort immer gewesen war.

Unsere zitierten Definitionen zeigen, daß die Vielfalt der Spielarten und Aneignungen, die Verschiedenheit der Stoffe und ihrer Überlieferungen von der Frührenaissance bis zur Gegenwart die allgemeine Bestimmung der Novelle außerordentlich erschweren, ganz zu schweigen vom Gegensatz zwischen Novellentheorie und Novellenpraxis. Die Novelle ist zudem seit ihrer Entstehungsstunde zahlreiche Verbindungen mit anderen Gattungsformen wie Anekdote, Legende, Märchen, Kurzgeschichte eingegangen und hat noch dazu eine Anzahl literarischer Stile in sich aufgenommen (vgl. die Vorgeschichte: Orient, Herodot, Spätantike; S. 34ff.). Die Novelle kann Episches, Dramatisches und sogar Lyrisches in sich beherbergen. Für die neuere deutsche Novelle hat man wiederholt auf die innere Verwandtschaft mit der Ballade und mit dem Drama hingewiesen (vgl. z.B. W. Silz). Bereits in der Frühromantik ist wiederholt von der „dramatischen Spitze“ der Novelle die Rede. Darauf bezieht sich SCHLEIERMACHER, wenn er in seiner »Ästhetik« (1931, S. 275 f.) entwickelt, daß die Tendenz zu einer solchen „dramatischen Spitze“ auf eine „Abneigung“ gegen das Epische und auf eine „Hinneigung zum Drama“ hindeutet. Eine derartige „Hinneigung“ wird sich bei Boccaccio und Cervantes wiederum nur schwerlich nachweisen lassen. Für die Novelle von Boccaccio bis Goethe ist viel entscheidender, daß sie gesellschaftsbezogen ist: zur Novelle gehört vor allem, daß sie innerhalb einer Gesellschaft erzählt wird und daß sie im Rahmen der ästhetischen und ethischen Maßstäbe dieser Gesellschaft bleibt. Mit Heinrich von Kleist beginnt aber in Deutschland andererseits eine Entwicklung, die dazu zwingt, die Novelle nun mehr von ihrem metaphysischen Hintergrund und nicht vom gesellschaftlichen Aspekt her zu betrachten.

Dennoch lassen sich bestimmte Grundzüge des novellistischen Erzählens – ich bevorzuge diesen Ausdruck vor der allzu starren Gattungsbezeichnung 'Novelle' – hervorheben. Es handelt sich hier um Prosa-, in selteneren und meist früheren Fällen auch um Verserzählungen von geringerem Umfang, die ein bestimmtes, herausgehobenes, mehr oder weniger ungewöhnliches Ereignis berichten. André Jolles definiert in seiner Einleitung (1921) zu Boccaccios »Decameron«: „Unter einer Novelle verstehen wir die Darstellung einer Begebenheit oder eines Ereignisses von eindringlicher Bedeutung, die uns als wahr anmutet. Dieses Ereignis führt uns die Novelle in einer Form vor, in der es uns wichtiger erscheint als die Personen, die es erleben. Auf das Geschehene kommt es an; die Psychologie, die Charaktere der Handelnden und Leidenden interessieren uns nicht an und für sich, sondern nur insoweit das Geschehene durch sie bedingt ist. Dadurch unterscheidet sich die Novelle vom Roman. Goethes »Werther« und Merimées »Carmen« zeigen beide inhaltlich, wie ein Mann an seiner Liebe zugrunde geht; aber Goethes Roman schildert den Mann, Merimées Novelle das Zugrundegehen, der eine gibt einen Menschen und sein Schicksal, der andre das Schicksal und einen Menschen. Selbst »Michael Kohlhaas« und »Pancraz der Schmoller« sind nicht an erster Stelle die Geschichten des märkischen Roßhändlers und des mürrischen Seldwylers, sondern die Geschichten dessen, was mit ihnen geschehen ist. In dem Roman umgeben die Abenteuer das Bildnis des Helden, die Novelle hat keinen Helden; ihre Personen sind nur wichtig, insoweit sie die Begebenheiten verursachen, nur gut gezeichnet, insoweit uns durch sie das Ereignis den Eindruck des Wahrhaftigen macht. Das gleiche gilt für die Schilderung der Zustände und der Umgebung; auch sie kommen nur in Betracht, sofern sie uns die Ereignisse begreiflicher machen oder dazu beitragen, sie uns als wirklich erscheinen zu lassen" (S. LXXVII f.). Daß etwa Kleists »Michael Kohlhaas« nicht eine Charakternovelle ist, wie sehr oft behauptet wurde, sondern nur vom Ereignisgeflecht und von der symbolischen Verdichtung her angemessen verstanden werden kann, hat BENNO VON WIESE in einer eingehenden Interpretation zu zeigen versucht.

Charakteristisch für die Novelle ist der grundsätzliche Vorrang des Ereignisses vor den Personen und den Dingen. Das hebt auch GOETHES mehr beiläufige und keineswegs erschöpfende spätere Definition hervor: „... denn was ist eine Novelle anders als eine sich ereignete unerhörte Begebenheit" (Gespräch mit Eckermann vom 29. Jan. 1827). Diese Definition trifft aber dennoch einen zentralen Punkt, und sie geht darin – sei es gewollt, sei es ungewollt – bis auf CERVANTES zurück. Bereits Cipion im »Coloquio« spricht von einem „caso portentoso y jamas visto" (von einem wunderbaren, unerhörten Fall) (in deutscher Übersetzung: »Gespräch zwischen Cipion und Berganza, den Hunden des Auferstehungshospitals«, in: M. de C. »Die beispielhaften Novellen«, 1948, Bd 2 [= ›Sammlung Dieterich‹ 116], S. 403). Das „jamas visto" bedeutet soviel wie „noch nie gesehen", „noch nie erlebt", und diese Bedeutung wird durch „portentoso" = „wunderbar" noch verstärkt. Bei CERVANTES, aber auch bei BOCCACCIO, BANDELLO, MARGARETE VON NAVARRA und zahlreichen anderen ist Novelle immer wieder die Darstellung *eines* Ereignisses, dessen Pointe in einer so seltsamen und nicht voraussehbaren Wendung liegt, daß sie 'novella', das heißt „neu", „noch nie gehört" genannt werden kann. Wahrscheinlich hat auch Goethe das Adjektiv „unerhört" mehr im ursprünglichen Sinne von *noch nicht gehört* gemeint und nicht, wie es die romantische Interpretation der Novelle in Deutschland nahelegt, im Sinne von „außerordentlich", „schaudervoll" oder gar „märchenhaft wunderbar". Im Brief an Schiller vom 17. Dez. 1795 hat sich Goethe höchst rühmend über Cervantes' Novellen geäußert, und er teilt mit Boccaccio und Cervantes auch durchaus noch die Einsicht in den *gesellschaftlichen* Charakter der Novelle. Das gilt sogar für seine der Legende sich wiederum annähernde Altersdichtung »Novelle«. Schon in den »Unterhaltungen deutscher Ausgewanderten« hieß es: „Lassen Sie uns wenigstens an der Form sehen, daß wir in guter Gesellschaft sind.“ Das Publikum des Rahmens stellt ebenso wie bei Boccaccio bestimmte Ansprüche an die Formung, an den Geschmack, an die Art der Pointierung usw. Die witzige Formulierung ist nicht nur eine Leistung des Dichters, sondern auch eine Forderung der Gesellschaft. Ganz ähnlich formuliert es Boccaccio: „So ist, meine jungen Damen, das gefällige Witzwort die Zier löblicher Sitten und verständiger Rede.“ Auch die Wahl glänzender Bilder, der kunstvolle Aufbau der Novelle, die durchgeformte und veredelte Sprache – das alles soll noch Spiegel und Maßstab für eine vorbildlich verstandene Gesellschaft und ihren Geschmack sein. Erst seit der Romantik beginnt in Deutschland die Ausweitung der Novelle ins Metaphysische oder auf Lebensfragen überhaupt!

Entscheidend ist zunächst nicht der Stoff, sondern die *Form*. Bereits CERVANTES unterscheidet im »Coloquio« zwischen Geschichten, deren Reiz in ihnen selbst liegt, und anderen, bei denen es in erster Linie darauf ankommt, *wie* man sie erzählt. Dieser Gegensatz wirkt noch bis zu GOETHES »Unterhaltungen deutscher Ausgewanderten« weiter. Ein berichtetes Ereignis kann seine Anziehungskraft für den Hörer und Leser in der „Neuigkeit“ haben, die erzählt wird; es kann aber auch durch die Art, *wie* es erzählt wird, gleichsam so auf uns wirken, als ob wir das Ereignis zum ersten Male hörten. In beiden Fällen bleibt das Erzählte für uns „Ereignis“.

Goethe machte in den »Unterhaltungen...« noch auf ein weiteres wichtiges Kriterium der Novelle aufmerksam, als er sich gegen die Vermischung von Märchen und Novelle wandte, während die Romantiker gerade die Form des Novellenmärchens oder der Märchennovelle besonders liebten (vgl. TIECK, CHAMISSO, EICHENDORFF und andere). Bei Goethe darf sich nur das Märchen vom Gegenstand freimachen und von der Einbildungskraft auf eigenen Flügeln tragen lassen. Die Novelle hingegen hat es mit der *als wahr erzählten* Begebenheit zu tun. Vermischt man Einbildungskraft und Wahrheit, so entstehen nur „Ungeheuer“, die mit dem Verstand und der Vernunft in Widerspruch geraten. Goethes Apologie der Einbildungskraft gilt für das Märchen, nicht für die Novelle. Denn dort und nur dort soll die Einbildungskraft, „wenn sie Kunstwerke hervorbringt, nur wie eine Musik auf uns selbst spielen, uns in uns selbst bewegen und zwar so, daß wir vergessen, daß etwas außer uns sei, das diese Bewegung hervorbringt".

Dieses „Außer uns" hat offensichtlich für die Novelle die höchste Bedeutung. Hier, im Wahren oder als wahr Erzählten, liegt ihre *objektive* Bestimmung. FRIEDRICH SCHLEGEL begründet diese Objektivität noch aus dem gesellschaftlichen Charakter der Novelle. Die Novelle, so erklärt er, ist eine „Anekdote", so erzählt, wie man sie in Gesellschaft erzählen würde (Minor II, S. 412); in den »Literary Notebooks« (ed. 1957) heißt es: „Der Grund der Novelle ist die Anekdote. Alles andre spätere Umbildung. Die meisten Novellen sind wahr" (Notiz 1688), und schon vorher ganz ähnlich: „Novelle in der ältesten Bedeutung = Anekdote" (Notiz 962). Anekdote und Novelle haben gemeinsam, daß sie von einer wahren Begebenheit handeln, die – jedenfalls ursprünglich – zur Unterhaltung der Gesellschaft erzählt wird. „Die Novelle ist die Poesie der guten Gesellschaft, daher Anekdote", heißt es an anderer Stelle (Notiz 2035). Das Wort 'Anekdote' wird in dieser Zeit noch nicht als Bezeichnung einer Gattung verwandt, sondern meint eine noch „unbekannte Begebenheit", ein neues „Geschichtchen". Das griechische anékdotos heißt genau wie romanisch novella: das noch nicht Bekannte. Durch die darin enthaltene „objektive Merkwürdigkeit", durch die Mitteilung einer besonderen Neuigkeit lockt die Novelle den Hörer und Leser an, der sich unmittelbar und ausschließlich für die Begebenheit als isolierten Einzelfall interessiert. Das Berichtete ist „eine Geschichte also, die streng genommen, nicht zur Geschichte gehört", die Anteilnahme weckt, „ohne irgend auf den Zusammenhang der Nationen, oder der Zeiten, oder auch auf die Fortschritte der Menschheit und das Verhältniss zur Bildung derselben zu sehen" (Minor II, S. 412). Ganz ähnlich heißt es bei seinem Bruder August Wilhelm in seinen »Vorlesungen über Schöne Litteratur und Kunst« (1803/1804): „Die Novelle ist eine Geschichte außer der Geschichte, sie erzählt folglich merkwürdige Begebenheiten, die gleichsam hinter dem Rücken der bürgerlichen Verfassungen und Anordnungen vorgefallen sind" (3. Teil, S. 248).

Zur Struktur des novellistischen Erzählens gehören also die isolierende Heraushebung *eines* als objektiv wahr erzählten Ereignisses, der Vorrang des Ereignisses vor den Personen und Dingen und darüber hinaus auch das Aufgreifen der sog. „niederen" Lebensbereiche, die den hohen Gattungen des Epos und der Tragödie zunächst verschlossen waren. Aber ebenso läßt sich die Novelle als eine eminent subjektive Gestaltungsform bezeichnen. Auch das hat bereits FRIEDRICH SCHLEGEL erkannt. Da es in der Kunst des Erzählers mehr auf das *Wie* als auf das *Was* ankommt, kann sich die Bedeutung der subjektiven Formung so steigern, daß am Ende gerade sie das Entscheidende ist. Fr. Schlegel beschreibt das folgendermaßen: Der Erzähler weiß uns „mit einem angenehmen Nichts, mit einer Anekdote, die, genau genommen, auch nicht einmal eine Anekdote wäre, täuschend zu unterhalten und das, was im Ganzen ein Nichts ist, dennoch durch die Fülle seiner Kunst so reichlich zu schmücken..., daß wir uns willig täuschen, ja wohl gar ernstlich dafür interessiren lassen" (Minor II, S. 412).

Das Subjektive der Novelle zeigt sich vor allem in der *Kunst der Stilisierung,* mit der sie über das nur Anekdotische durchaus hinausgeht. Der Dichter „spielt" mit dem Stoff, spricht aber sein eigenes Ich dabei immer nur indirekt aus. Die bloße Erzählung kann auf diesen profilierenden oder gar artistischen Stil der Novelle verzichten. Sie braucht keine „Silhouette" (PAUL HEYSE); sie ist der Welt gegenüber offener, nicht so sehr durch den isolierten, besonderen Fall gegen sie abgegrenzt. Sie darf weit unbekümmerter ihr Garn spinnen. Die Novelle hingegen kennt eine besondere Kunst des Weglassens, sie gruppiert das Erzählte oft um ein Gipfelereignis, sie verwendet bewußt Leit- und Nebenmotive; sie schafft, zuweilen durch Ironie – und diese, so bemerkte bereits Fr. Schlegel, bringt die Novelle schon in ihrer Geburtsstunde mit auf die Welt –, eine gewollte Distanz zum Stoff, und sie liebt die pointierende und manchmal sogar die die Pointe absichtsvoll verhüllende Darstellung. So hat NINO ERNÉ in seiner geistvollen Plauderei »Kunst der Novelle« (1956) zwischen der einfachen Pointe der Anekdote, der artistischen Zuspitzung in der klassischen Novellistik und schließlich der gebrochenen oder sogar verborgenen Pointe unterschieden.

Das alles sind Elemente eines vorwiegend subjektiven Stils. Aber die Novelle gibt diesem Subjektiven von vornherein den Schein des Objektiven. Diese seit Friedrich Schlegel immer wieder beobachtete Doppelnatur der Novelle hat man neuerdings *„bilaterale Struktur"* (MANFRED SCHUNICHT) genannt. Aber alles dies setzt schon ein hochentwickeltes, differenziertes Bewußtsein der Neuzeit voraus. Daneben gibt es immer auch das ursprüngliche Novellenerzählen, innerhalb dessen sich Erinnerung in Geschichten umsetzt, so wie es bereits der Orient kannte (vgl. S. 34). Hier finden wir die Nachbarschaft zum Volksmärchen und zu den „einfachen Formen" (ANDRÉ JOLLES) des Erzählens überhaupt. Man kann die Novelle also ebenso eine „Urform des Erzählens" nennen (JOHANNES KLEIN) wie auch wieder ihr kompliziertes Verhältnis zu Wahrheit und Fiktion besonders hervorheben. Bisher ist es der Forschung über die Novelle noch nicht gelungen, diese Kluft zwischen der Novelle als frühester Erzählform und als später artistischer Kunst zu überbrücken. Offensichtlich kann der besondere *„Spielraum"* des novellistischen Erzählens (BENNO VON WIESE) sehr verschiedener Art sein.

Die Novelle bevorzugt im Gegensatz zum Roman den *Einzelfall,* der nicht deutend in einen Weltzusammenhang eingeordnet zu werden braucht. Novellen werden in erster Linie um ihrer selbst willen, um ihres überraschenden Wahrheits- und Wirklichkeitsgehaltes willen erzählt. Daher liebt die Novelle das Zufällige, die Launen des Schicksals, die Paradoxien der Erfahrung. Der *Zufall* als Regent in der Novelle kann in sehr verschiedener künstlerischer Funktion auftreten: einmal als beispielhaft für das Undurchschaubare und Unberechenbare der menschlichen Erfahrungswelt, dann aber auch wieder als sinnbildliches, ja metaphysisches Zeichen des Schicksals oder auch als Ausdruck eines ironischen Spiels des Erzählers mit dem Erzählten. ADALBERT STIFTER hebt in der Urfassung seiner Erzählung »Der beschriebene Tännling« in den »Studien« einmal einen „jener Zufälle" hervor, „die es lieben, die Dinge auf die Spitze zu stellen". Damit ist ein wesentliches Moment novellistischen Erzählens gesehen, nämlich die Verbindung von Zufall, Spannung und leitendem Spitzenmotiv, dem dann alle weiteren Nebenmotive untergeordnet werden müssen.

Noch andere Mittel eines konstruktiv novellistischen Erzählens könnten genannt werden, nicht zuletzt die direkte oder auch indirekte Verwendung des *Rahmens*, sei es für einen ganzen Zyklus von Geschichten, sei es für die einzelne Geschichte allein. Der Rahmen rückt das subjektiv erzählte Geschehen meist in die Distanz des Objektiven, zuweilen mit der Absicht, belehrend über das Erzählte zu reflektieren, zuweilen, um es unter historische Perspektiven zu setzen. Es kann aber auch genau umgekehrt sein, wie in dem von Storm so oft verwandten „Erinnerungsrahmen“, der gerade das objektive Geschehen durch den Rahmenvorgang vom Aspekt einer subjektiv poetischen, manchmal gern in eine altertümliche „Chronik“ hineingetragenen Stimmung aus sieht. Auch wenn Nebenmotive von der Gradlinigkeit des Erzählens abzuführen, ja das Ereignis geradezu zu verdecken scheinen, wird auch dies oft nur ein Mittel sein, um die Spannung zu erhöhen und das leitende Motiv erst nachträglich, gleichsam rückläufig sichtbar zu machen. Es gibt Novellen, die Kriminalgeschichten darin ähnlich sind, daß sich ihre bewußt verhüllte Struktur erst vom Ende her erschließt. JOHANNES KLEIN unterscheidet zwischen „Leitmotiv“, „novellistischem Ereignis“ und „Idee“ der Novelle, zu denen gegebenenfalls dann noch der „Rahmen“ tritt. Die Kategorie „Idee“, die hier in Analogie zum Drama gewonnen scheint, wäre freilich wohl nur auf die spätere Entwicklung der Novelle, und auch dort nur sehr bedingt, anwendbar. Wird man nicht von der sehr viel größeren Zahl der Novellen sagen müssen, daß sie durchaus auf einen Ideengehalt verzichtet zugunsten der Darstellung des einen, überraschenden Ereignisses? Jedenfalls gehört zum ältesten Bestand der Novelle weit mehr die bis ins Amoralische gehende Lebensklugheit, mit der ein Mensch in einer schwierigen Lage sich mit List und Witz zu retten weiß. Die im einzelnen bis zum Bizarren und Grotesken, auch bis zum Symbolischen und Wunderbaren reichenden Ausdrucksformen des novellistischen Erzählens sind für eine allgemeine Bestimmung der Novelle kaum verwendbar. Wieweit das eine oder das andere Stilelement überwiegt, dürfte unter den Bedingungen des jeweiligen geschichtlichen „Zeitstils“ sehr verschieden sein.

Der perspektivische Charakter der Novelle mit seiner augenblickshaften Intensität, seinen scharfen Akzenten statt fließender Übergänge, seiner Herausarbeitung überraschender „Wendepunkte“ (TIECK, A. W. SCHLEGEL), seiner spannungsvollen Darstellung einer bestimmten Krise im Menschenleben usw. verlangt im Ganzen mehr die *geschlossene Form,* d. h. die strengste künstlerische Durchformung und Stilisierung und nicht die offene, die die Kurzgeschichte bevorzugt (vgl. S. 78 ff.). Schon der relativ geringe Raum der Novelle als Erzählung von kleinem oder mittlerem Umfang mit meist nur geringer Personenzahl und nicht allzu häufigem Raum- und Zeitwechsel drängt sie zur Ausscheidung des Unwesentlichen und damit zur Verdichtung. Auf diese Weise wird dann durch die Prägnanz der Darstellung das empirisch Zufällige in das künstlerisch Notwendige verwandelt. Dafür können Leit- und Spitzenmotive, darüber hinaus Zeichen aller Art oder auch „Ding-Symbole“ wie etwa die Rappen in Kleists »Michael Kohlhaas«, die schwarze Spinne in Gotthelfs gleichlautender Erzählung oder die Judenbuche bei der Droste eine erhöhte Bedeutung gewinnen. Das gilt allerdings vorwiegend für die deutsche Entwicklung vom 19. zum 20. Jahrhundert. Mit gewissem Recht hat PAUL HEYSE verlangt, daß eine Novelle eine „Silhouette“ haben soll, die sie von tausend anderen Geschichten unterscheidet. Skeptischer sollte man seiner Behauptung gegenüberstehen, das Eigentliche einer Novelle müsse sich in einem einzigen Satz zusammenfassen lassen. Vor allem hat die schrankenlose Herrschaft seiner sog. „Falken“-Theorie“ (vgl. S. 17) einen gefährlichen Dogmatismus in die Auslegung von Novellen hineingebracht. Ebenso anfechtbar scheint mir die These von BERNHARD VON ARX, daß das Dichten von Novellen bereits eine künstlerisch schwächere Leistung darstelle als das von Romanen. Da jedesmal der „Spielraum“ des Erzählens in beiden Gattungen ein anderer ist, sollte man solche Wertungen besser vermeiden.

Jedem Dogmatismus in der Novellentheorie muß entgegengehalten werden, daß das spannungsreiche Verhältnis zwischen einer als objektiv wahr, neu und wirklich erzählten Begebenheit und einer indirekten, subjektiven Darstellungsform sehr verschiedene Abwandlungen erfahren kann. Verbindliche Regeln gibt es hier glücklicherweise nicht. Wir besitzen wertvolle Novellen mit und ohne „Falken“, mit und ohne „Wendepunkt“, mit und ohne „Rahmen", mit und ohne „Idee", ja sogar mit und ohne „Leitmotiv". Sehr oft tritt dann eine Formmöglichkeit an die Stelle einer anderen. Was jedoch die Novelle in erster Linie braucht, wird immer das novellistische Ereignis und seine jeweilige Formung sein. Es gibt tragische und komische Novellen; ganz willkürlich und inzwischen längst widerlegt ist die These von BERNHARD BRUCH, daß Novelle und Tragödie zwei grundsätzlich verschiedene Kunst- und Weltanschauungen verträten. Wohl darf man sagen, daß in der Darbietungsform der Novelle oft eine Art Kompromiß zwischen den beiden entgegengesetzten Sphären des Tragischen und des Komischen gesucht und gefunden wird. Der Versuch, rein inhaltliche Gruppen unsystematisch nebeneinander zu stellen – wie gesellige, romantische, realistische, dramatische, lyrische und epische, Charakter- und Schicksals-, magische und humoristische Novellen (JOHANNES KLEIN) – führt ins Uferlose. Auch andere Einteilungen nach dem Inhalt, wie die in „psychologische Novellen" und solche „mehr schicksalsmäßiger, abenteuerlicher Art" (ROBERT PETSCH) oder in „Gesellschaftsnovelle" und „Schicksalsnovelle" (HERMANN PONGS), können der Vielfalt der Gattung kaum gerecht werden. Zumindest wird man dann wieder mit HEINZ OTTO BURGER zwischen der Wesensform der Novelle und ihren verschiedenen Erscheinungsformen unterscheiden müssen. Eine klare Grenzlinie dürfte hier schwer zu ziehen sein.

Auch die Abgrenzungen zu benachbarten Formen wie *Erzählung* überhaupt, *Anekdote, Kurzgeschichte, Skizze, Märchen, Ballade* und *Drama* können nicht grundsätzliche Geltung beanspruchen. Wahrscheinlich sind sie immer nur von Fall zu Fall möglich, d.h. in der jeweiligen konkreten Interpretation und im Vergleich. Daher verzichten wir hier auch auf eine rein theoretische Grenzziehung, erwähnen dagegen die genannten Formen ausführlich, wenn dies von der Geschichte der Novelle her erforderlich ist (vgl. S. 34, 78). Endgültige „Definitionen" bleiben entweder bloß aperçuhafte Einfälle oder verfälschen sogar die mannigfaltige geschichtliche Wirklichkeit, so gerne sie auch der Lernende in der Hand hätte. Am bedenklichsten jedoch bleiben jene „Definitionen" der Novelle selbst, die so allgemein und zugleich so fordernd gehalten sind, daß sie sich einerseits auch auf einen großen Bereich ganz anderer Dichtung anwenden ließen, andererseits der Novelle bestimmte Vorschriften machen, deren unbekümmerte Verletzung durch den Dichter diesem dann vom Theoretiker und Kritiker als ästhetischer Fehler angerechnet wird. Der Verfasser dieser Schrift hat daher in seinen eigenen Forschungen die Auffassung vertreten, daß der absichtlich unbestimmtere Ausdruck *„novellistisches Erzählen"* bzw. eine Untersuchung über den jeweiligen *„Spielraum"* dieses Erzählens weiter führen könne als die theoretischen und dogmatischen Festlegungen der Gattung 'Novelle' überhaupt. Denn soweit es diese Gattung gibt, können wir sie nur in ihrem geschichtlichen Wachstum und in der Anreicherung neuer Erzähltraditionen wahrnehmen.

Literaturangaben s. S. 28 ff.

2

Zur Theorie der Novelle

Für die in den romanischen Ländern entwickelte Theorie der Novelle sei auf das Buch von WALTER PABST »Novellentheorie und Novellendichtung. Zur Geschichte ihrer Antinomie in den romanischen Literaturen« (1953) verwiesen. Pabsts, freilich auch von romanistischer Seite, umstrittene Forschungen stellen die sog. „romanische Urform" der Novelle in Frage. Seiner Meinung nach gibt es weder diese romanische Urform noch *die* Novelle überhaupt: „Es gibt nur Novellen" (S. 245).

Von einer eigentlichen „Theorie" der Novelle kann man in Deutschland erst seit der Frühromantik reden. Den wesentlichsten Beitrag gab FRIEDRICH SCHLEGEL mit seinem Aufsatz »Nachricht von den poetischen Werken des Johannes Boccaccio«. Aber auch in den erst vor kurzem neu aufgefundenen und von Hans Eichner 1957 herausgegebenen »Literary Notebooks 1797–1801« Friedrich Schlegels finden sich, wenn auch verstreut, viele und wichtige Aphorismen zur Novelle, die die geistesgeschichtliche Linie nicht nur zu BOCCACCIO, sondern auch zu SHAKESPEARE ziehen. Manche Shakespearesche Komödie und Tragödie wird hier aus ihrem novellistischen Kern heraus verstanden (vgl. etwa Notiz 1148: „Ohne Novellen zu kennen, kann man Shakespeares Stücke nicht verstehn der Form nach"). Im Dramatischen spielt Shakespeare bereits mit überlieferten Novellendichtungen und schafft so „progressive", romantische Universalpoesie. Die Novelle gilt als typisch romantische Gattung, die andere Formen durchaus in sich vereinigen kann; sie ist „Fragment, Studie, Skizze in Prosa; – eins, oder alles zusammen" (Notiz 951). „Fabel, Mährchen und Legenden können durch Kunst und Bildung zu Novellen werden", heißt es an anderer Stelle (Notiz 1452). Immer wieder betont Schlegel, daß die Novelle „in jedem Punkt ihres Seins und Werdens neu und überraschend sein" muß (Notiz 1154). Er spricht von dem „architektonischen Witz", der durch seinen „barocken" Charakter erst den „großen Stil im Witz" erzeugt und damit „eine wichtige Rolle in der Novelle" spielt, „denn eine Geschichte kann doch nur durch eine solche einzig schöne Seltsamkeit ewig neu bleiben" (Fragment 383). Seine Äußerungen lassen erkennen, welch großes Gewicht er auf die *Form* der Novelle legt: „Zu den Novellen gehört ganz eigentlich die Kunst gut zu erzählen" (Notiz 1375). Friedrich Schlegels Erkenntnisse, die von der Novelle des Boccaccio her eine Brücke zu der neuen romantischen Theorie zu schlagen versuchen, haben wir bereits bei unserem Versuch einer Bestimmung der Gattung ausgewertet (vgl. S. 7); denn sie sind keineswegs für uns heute rein „historisch", sondern sie haben direkt oder indirekt auch noch die spätere Forschung zur Novelle beeinflußt. So versucht z. B. noch Arnold Hirsch die Novelle folgendermaßen zu definieren: „Der Novelle eigentümlich ist, daß sie das Subjektive in artistischer Formgebung verhüllt, daß diese Stilisierung der Ordnung und Fülle der Welt zu einer Beschränkung auf eine Situation und zur Wahl von ungewöhnlichen Geschehnissen führt" (S. 147). Dieser Versuch einer Definition steht ebenso in der Nachfolge Friedrich Schlegels wie Manfred Schunichts jüngste Forderung, daß die Novellendichtung, wenigstens in der Zeit von Goethe bis zum bürgerlichen Realismus und zur Moderne, nur in der „doppelten Bewandtnis" von Wahrheit und Fiktion richtig verstanden werden kann. Auch das Zeichenhafte in der Novelle ist von Friedrich

Schlegel bereits gesehen worden. Er faßt es unter dem Begriff der *allegorischen* Novelle zusammen, die „sich immer als der Gipfel und die eigentliche Blüthe der ganzen Gattung bewähren wird" (Minor II, S. 413). Hier wird das gesteigert Subjektive der Novelle zugleich als Spiegel der Menschheit und des Universums verstanden. Solche Transparenz eines einzigartigen Ereignisses meint auch sein Bruder August Wilhelm, wenn er in den Berliner Vorlesungen (3. Teil, S. 247 und S. 242) von der „Erhöhung des natürlichen Urbildes" oder von der „seltsamen Einzigkeit" der Novelle spricht, der eine „gewisse allgemeine Gültigkeit" zukäme.

Verglichen mit Friedrich Schlegels grundlegenden Einsichten sind alle weiteren Erkenntnisse zur „Theorie" der Novelle in Deutschland mehr peripherer Natur. Sie werden nur zu oft überschätzt. August Wilhelm Schlegel und dann vor allem Ludwig Tieck führten eine neue Kategorie ein, den *„Wendepunkt"*. Bei August Wilhelm Schlegel heißt es in seinen »Vorlesungen über Schöne Litteratur und Kunst« (1803/04): „Die Novelle bedarf entscheidender Wendepunkte, so daß die Hauptmassen der Geschichte deutlich in die Augen fallen" (3. Teil, S. 242ff.). Und Ludwig Tieck fordert seinerseits: die Novelle müsse einen „sonderbaren auffallenden Wendepunkt" haben, „der sie von allen andern Gattungen der Erzählung unterscheidet", einen Punkt, „von welchem aus sie sich unerwartet völlig umkehrt, und doch natürlich, dem Charakter und den Umständen angemessen, die Folge entwickelt" (Bd 11, S. LXXXIV ff.). Inzwischen haben jedoch Helmut Endrulat und Manfred Schunicht in ihren Untersuchungen deutlich gemacht, wie sehr Tiecks Theorie vom Wendepunkt unter dem Einfluß der romantischen Metaphysik K. W. F. Solgers steht und daher in ihrer Art durchaus zeitbedingt ist. Es ist töricht, dieses kompositorische Prinzip allzu sehr zu betonen und nun überall ängstlich nach dem „Wendepunkt" in jeder Novelle zu suchen. Richtig daran bleibt freilich, daß das Sprunghafte der novellistischen Darstellung mit seiner Möglichkeit zur plötzlichen Umkehr im Gegensatz zu der graduellen, stufenweise vorgehenden Entwicklungstechnik des Romans steht. Jedoch kann auch der Roman sehr wohl novellistische Einlagen haben, wo der Erzähler dann mit dem Einzelfall experimentiert und manches zunächst Vorausgesetzte sich erst nachträglich aus der Verknüpfung mit dem Erzählzusammenhang des Ganzen verstehen läßt. Nach Tieck berichtet die Novelle von einem isolierten Vorfall, der „keine Folgen hat" (Bd 21, S. 48). Was von einem bestimmten Blickpunkt aus als alltäglich erscheint, kann von einem anderen dann wiederum durchaus „wunderbar" sein. Die Novelle hat es, wie schon bei Goethe, mit den Widersprüchen des menschlichen und gesellschaftlichen Lebens zu tun, und oft wird sie dabei in heiterer Gelassenheit die höhere ausgleichende Wahrheit suchen, die es, nach Tiecks Meinung, erlaubt, „über das gesetzliche Maas" hinwegzuschreiten. Auch die Neigung Tiecks, in der Novelle Raum zu lassen für didaktisch reflektierende, oft im Gespräch vorgetragene Erörterungen und Diskussionen (vgl. Schriften Bd 11, S. LXXXVIII) hängt mit seinem Sinn für das Vielschichtige und Mehrdeutige allen Geschehens zusammen.

Auch im Zeitalter des Realismus betont die Theorie der Novelle das Konzentrierende und Verdichtende dieser Kunstform. Friedrich Theodor Vischer neigt zwar in seiner »Ästhetik« dazu, die Novelle nur als Vorspann und Ableger des Romans zu betrachten, erkennt aber deutlich, daß es in der Novelle um *eine* Situation geht und daß damit zugleich das „Erfahrungsbild der Welt" bereichert wird. Die Novelle gestaltet „nicht das umfassende Bild der Weltzustände, aber einen Ausschnitt daraus, der mit intensiver, momentaner Stärke auf das größere Ganze als Perspective hinweist, nicht die vollständige Entwicklung einer Persönlichkeit, aber ein Stück aus einem Menschenleben, das eine Spannung, eine Krise hat und uns durch eine Gemüths- und Schicksalswendung mit scharfem Accente zeigt, was Menschenleben überhaupt ist. Man hat sie einfach und richtig als eine Situation im Unterschied von der Entwicklung durch eine Reihe von Situationen im Romane bezeichnet" (III/2, S. 192ff.). Das Ereignishafte der Novelle betont auch Karl Immermann, „während der Roman das Incommensurable der menschlichen Dinge" dichte. Daher sei die Fabel bei der Novelle die Hauptsache, „diese soll vor allen Dingen etwas erzählen, und zwar etwas Neues; davon heißt sie" (»Reisejournal«; Werke, hrsg. von Boxberger, 10. Teil,

S. 209f.). Bereits THEODOR MUNDT hatte die Novelle eine „Cirkellinie" genannt, „die in sich selbst zusammengeht, und die bestimmteste Beziehung auf ein gewisses Centrum hat, um dessentwillen sie da ist und ihren Lauf vollführt" (»Ästhetik«, 1845, S. 342), und VISCHER verwendet ein ähnliches Bild, wenn er meint, die Novelle verhalte sich zum Roman wie ein Strahl zu einer Lichtmasse. Auch THEODOR STORM verlangt dann später „einen im Mittelpunkt stehenden Konflikt, von welchem aus das Ganze sich organisiert" (Werke Bd 8, S. 122).

Entscheidende, freilich auch sehr überschätzte Bedeutung für die Theorie der Novelle gewann nach Ludwig Tieck erst wieder PAUL HEYSE am Ausgang des 19. Jahrhunderts. Am wichtigsten wurde seine *Falkentheorie*. Heyse beruft sich dabei auf eine Erzählung Boccaccios, in der er einen 'Stoff' auf typisch novellistische Weise gestaltet sieht. BOCCACCIO berichtet in der 9. Geschichte des 5. Tages im »Decameron« von dem Jüngling Federigo degli Alberighi, der ohne Gegenliebe eine vornehme Dame liebt. Er verschwendet im ritterlichen Aufwand sein ganzes Vermögen, so daß ihm nur noch ein Falke bleibt. Eines Tages besucht ihn die Dame, um diesen Falken, ohne daß ihr Verehrer das weiß, für ihren kranken Sohn zu erbitten. Aber er hat ihn bereits vorher getötet und ihr als Speise vorgesetzt. Als die Dame das erfährt, ändert sie bald darauf ihren Sinn, nimmt ihn zum Gatten und macht ihn zum Herrn ihres Reichtums. Paul Heyse ist der Meinung, daß jede Novelle ihren „Falken" haben muß, so daß der Leser überall fragen darf, „wo ‚der Falke' sei, also das Specifische, das diese Geschichte von tausend anderen unterscheidet" (Einleitung zum »Deutschen Novellenschatz«). Nun wird man gewiß zugeben dürfen, daß eine einprägsame novellistische Handlung sich als „Silhouette" abzeichnet, auch gehört zweifellos das Pointierende, Profilierende und das verdichtende Herausheben einer einzelnen Situation und ihrer merkwürdigen Besonderheit zum novellistischen Stil. Aber eine ständige Jagd nach dem „Falken" ist ebenso töricht wie die nach dem „Wendepunkt", und bereits THEODOR STORM hat mit freundlichem Humor bemerkt, daß er diesen Heyseschen Vogel getrost davonfliegen lasse (Brief an Keller vom 13. 9. 1883). PONGS hat in seinen Forschungen über die Novelle den „Falken" mit der Kategorie des echten Symbols in Verbindung gebracht, was freilich ebenfalls manchen Widerspruch gefunden hat. SCHUNICHT meint sogar, der Falke habe nur als eine Art „Spitzenmotiv“ Bedeutung. Seine Umdeutung in ein echtes Symbol entspräche in keiner Weise Paul Heyses Meinung und, so dürfen wir hinzufügen, sicher auch nicht der des Boccaccio, dem der moderne Symbolbegriff natürlich noch völlig fernlag. Immerhin darf zur Verteidigung HEYSES gesagt werden, daß er das Reizvolle des der Novelle vorgeschriebenen begrenzten Spielraumes, ihre Zuspitzung auf einen zentralen Punkt und die Betonung des *einen* Ereignisses, auch seinerseits gesehen hat. Dafür sei noch eine Stelle aus Paul Heyses »Jugenderinnerungen und Bekenntnissen« angeführt: Daß der einzelne Fall „im kleinsten Rahmen energisch abgegrenzt ist, wie der Chemiker die Wirkung gewisser Elemente, ihren Kampf um das endliche Ergebnis ‚isolieren‘ muß, um ein Naturgesetz zur Anschauung zu bringen, macht den eigenartigen Reiz dieser Kunstform aus, im Gegensatz zu dem weiteren Horizont und den mannigfaltigen Charakterproblemen, die der Roman vor uns ausbreitet“ (S. 344f.). Weitere ergänzende Überlegungen zu Roman und Novelle lassen sich noch in FRIEDRICH SPIELHAGENS »Beiträge zur Theorie und Technik des Romans« (1883) und in »Neue Beiträge zur Theorie und Technik der Epik und Dramatik« (1898) finden, auf die wir hier allerdings nicht näher einzugehen brauchen.

Sowohl nach STORMS wie nach HEYSES Meinung erhält jedoch die Novelle, trotz des „kleinsten Rahmens“, eine ungeheure stoffliche Erweiterung und Intensivierung durch die Ausdehnung auf „Lebensfragen“ überhaupt. Wie das Drama behandle sie die „tiefsten Probleme des Menschenlebens“ (Storm) und habe sich nunmehr zu einer Form entwickelt, „in welcher gerade die tiefsten und wichtigsten sittlichen Fragen zur Sprache kommen“ (Heyse). Diese Vorstellung von der Novelle als einem passenden Gefäß für sämtliche sittlichen Probleme des Einzelnen und der Gesellschaft beginnt bereits beim Jungen Deutschland mit THEODOR MUNDTS Buch »Moderne Lebenswirren« (1834). Schon Mundt vertritt die Auffassung, die Novelle habe es mit „Lebensperspektiven“ zu tun und könne daher mit „großer Kühnheit“ „in alle Gebiete des innern und äußern Lebens übergreifen“. In solchen Thesen steckt die Gefahr, daß die Novelle des Realismus als problemreiche Universaldichtung gedeutet wird. Man sollte jedoch fragen, wie der Verfasser dieses Bandes es in seinen Forschungen getan hat, ob damit nicht bereits eine metaphysische Ausweitung des Spielfeldes der Novelle angebahnt ist, über der dann der eigentliche Charakter der Gattung ganz verlorengeht.

Bezeichnenderweise setzt in der Moderne eine Art Gegenbewegung und eine stärkere Betonung der formalen und konstruktiven Elemente der Novelle ein. Nach PAUL ERNST, dem radikalen Gegner naturalistischer Prosa, ist die bloße Wirklichkeit und erst recht ihre Nachzeichnung „talentlos". In seinem 1906 zum ersten Male erschienenen Buch »Der Weg zur Form« deutet er die Novelle als „abstrahierende und konzentrierende Kunstform"; eine Novelle müsse im Hauptpunkt „etwas Unvernünftiges" enthalten, das sich als „ein Besonderes und Überraschendes ausweist". Am radikalsten hat dann der junge GEORG LUKÁCS den Sieg der Form über den Stoff betont. In seinem Essayband »Die Seele und die Formen« (1911) bestimmte er zwar die Novelle noch inhaltlich: „Ein Menschenleben durch die unendliche sinnliche Kraft einer Schicksalsstunde ausgedrückt." Ähnlich äußert sich ROBERT MUSIL in seiner »Literarischen Chronik« (1914): „Eine plötzliche und umgrenzt bleibende geistige Erregung ergibt die Novelle." In einer Novelle von Rang, so meint Musil weiter, berichtet der Dichter nicht von sich, sondern beschreibe „etwas, das über ihn hereinbricht, eine Erschütterung; nichts, wozu man geboren ist, sondern eine Fügung des Geschicks. – In diesem einen Erlebnis vertieft sich plötzlich die Welt oder seine Augen kehren sich um; an diesem einen Beispiel glaubt er zu sehen, wie alles in Wahrheit sei: das ist das Erlebnis der Novelle".

Solche Betonung der „Schicksalsstunde" oder der „Fügung des Geschicks", die bei Musil noch überdies durchaus im zeichenhaften Sinne verstanden wird, findet sich in GEORG LUKÁCS' späterem Buch »Die Theorie des Romans. Ein geschichtsphilosophischer Versuch über die Formen der großen Epik« (1920) nicht mehr. Hier triumphiert nur noch die Form als Form über die bloße Sinnlosigkeit des Zufalls. „Die Novelle ist die am reinsten artistische Form; der letzte Sinn alles künstlerischen Formens wird von ihr als Stimmung, als inhaltlicher Sinn des Gestaltens, wenn auch eben deshalb abstrakt, ausgesprochen. Indem die Sinnlosigkeit in unverschleierter, nichts beschönigender Nacktheit erblickt wird, gibt ihr die bannende Macht dieses furchtlosen und hoffnungslosen Blickes die Weihe der Form: die Sinnlosigkeit wird, als Sinnlosigkeit, zur Gestalt: sie ist ewig geworden, von der Form bejaht, aufgehoben und erlöst" (S. 38). Wir brauchen kaum noch kritisch hinzuzusetzen, daß hier zwar nicht die Gefahr einer allzu großen Ausdehnung des stofflichen Spielraums der Novelle besteht, dafür aber die einer rein formalistischen Betrachtungsweise, in der sich die Wirklichkeit des novellistischen Ereignisses sehr schnell verflüchtigen kann. Später ist dann Lukács in seinen Forschungen ganz andere Wege gegangen.

So sehr die Novellendichtung und die Novellentheorie sich primär aus ästhetischen Fragen der verschiedensten Art ableiten lassen, so sehr wird man auch wieder zugeben müssen, daß der Wandel in der Erzähltradition und in der Theorie des Erzählens vom 18. bis zum 20. Jahrhundert, vor allem in den krisenhaften Übergängen von der Romantik zum Realismus und vom Realismus zur Moderne auch mit den gesellschaftlichen und geschichtlichen Situationen zusammenhängt, in denen jeweils das Wesen der Dichtung in sehr verschiedener Weise aufgefaßt wird. Wie sich ästhetische Optik und gesellschaftliche Wirklichkeit zueinander verhalten, wie weit sich ferner dieses Wechselverhältnis vom Wachstum der Gattung 'Novelle' her verstehen läßt, das alles gehört durchaus zu den offenen Fragen, die auch der Forschung über die Novelle bis heute noch aufgegeben sind.

Literaturangaben s. S. 28ff.

3

Wissenschaftliche Forschung zur Novelle

Innerhalb der wissenschaftlichen Diskussion zur Theorie und Geschichte der Novelle können wir deutlich zwei Phasen unterscheiden. Die früheren Forschungen von Oskar Walzel, Ernst Hirt, Bernhard Bruch, Adolf von Grolman und

Arnold Hirsch aus den zwanziger Jahren beschäftigen sich vorwiegend mit Formproblemen. Nach der mehr stoffgeschichtlichen Betrachtungsweise des 19. Jahrhunderts, die sich besonders an der vergleichenden Märchenforschung orientierte, setzte sich in jenen Jahren eine formalkritische Betrachtungsweise durch. Oskar Walzel knüpft die Vorstellung von der Kunstform der Novelle an die Voraussetzung „der gesellschaftlichen Wendung“. Damit ist nicht der sonst oft behauptete mündliche Vortrag gemeint, sondern vor allem der unterhaltende Wert der Pointe. Für Walzel sind in seinem Aufsatz »Die Kunstform der Novelle« (1915) die Vorbedingungen für die Novellistik: „geselliges Zusammensein“, „der gedämpfte innere Anteil“ der Gesellschaft und die vom jeweiligen Erzähler ausgeübte „Pflicht guter Geselligkeit, keine Erregung bis an ihr letztes Ende zu treiben“ (S. 249). Ebenso wie bei Walzel sind auch bei Hirt, Bruch, von Grolman und Petsch bestimmte normative Vorstellungen vom Wesen der Gattung 'Novelle' vorherrschend. Das führte dann oft zu leidenschaftlich wertender und radikaler Stellungnahme. Bruch behauptet in seinem Aufsatz »Novelle und Tragödie: Zwei Kunstanschauungen und Weltanschauungen« (1928) ziemlich willkürlich, die Novelle sei „allemal spezifisch untragisch“ (S. 305): es gäbe hier weder Bewußtsein noch Handeln, nur ein fatales Geschehen: „Die Idee der Verantwortlichkeit eines Menschen für sein Wollen und Sein findet keinen Platz in der Novelle...“ (S. 303); schließlich nennt er sie sogar „eine künstlich emporgesteigerte Form, eine geistige Treibhaus-Kultur“ (S. 330) und stellt sie in Gegensatz zur Tragödie und deren grundsätzlich anderen, parallel laufenden Formgesetzen. Auch Ernst Hirt, der die Novelle unter die inneren Formen der epischen Gattung (Epos, Roman, Märchen, Legende usw.) einreiht, gibt viel zu straffe und dogmatische Definitionen, die, verglichen mit dem Reichtum der geschichtlichen Überlieferung, rein abstrakt und konstruktiv bleiben. Ebenso dürfte von Grolmans einseitige These, daß die strenge nüchterne Novellenform des Südens durch den Norden zertrümmert worden sei, inzwischen kaum mehr Anhänger finden. Das Postulat von Grolmans lautete: „Nüchternheit ist die seelische Ebene der Novelle, vornehm distanzierte und wissende Nüchternheit, d.h. überlegene, sachliche Haltung" (ZfDk. 1929, S. 623). Für ihn ist das geschlossene Weltbild einer geeinten Gesellschaft die unabdingbare Voraussetzung für das Wachstum von Novellen. Die Novelle des Südens mit der Harmonie ihrer geprägten Form bleibt für die späteren Jahrhunderte ein „schmerzliches, weil offenbar nicht zu erreichendes Vorbild" (S. 615). Jedoch hat inzwischen längst die sehr genaue Einzelforschung von Romanisten wie ERICH AUERBACH, LEO SPITZER und zuletzt am radikalsten die von WALTER PABST gezeigt, daß VON GROLMANS Traum von der „schönen Freiheit der romanischen Urform" eben doch nur ein Traum ist. Bereits diese romanische „Urform" ist in sich höchst vielgestaltig und differenziert, so daß am Ende Pabst ihre Existenz schlechthin in Frage stellen konnte.

Diese vielleicht auch wieder allzu einseitige Position, die eine Gattungsgeschichte der Novelle praktisch für unmöglich erklärt, war mit WALTER PABSTS Aufsatz »Die Theorie der Novelle in Deutschland (1920–1940)« schon vor seiner großen Gesamtdarstellung »Novellentheorie und Novellendichtung in den romanischen Literaturen« (1953) vorbereitet worden. Er enthielt einen scharfen Angriff auf den allzu strapazierten Formbegriff der germanistischen Forschung, der sich schillernd zwischen ästhetischer Analyse und normativem Anspruch bewege. Es sei im Grunde nur die mit GEORG LUKÁCS und PAUL ERNST einsetzende Entwicklung, die dort weitergeführt worden sei, und Pabst machte der germanistischen Forschung den Vorwurf, daß sie sich von historisch gebundenen „Form"-Vorstellungen allzusehr abgelöst und damit eine willkürliche und autoritäre Poetik begünstigt habe, während die romanistische Forschung sich davor weit mehr zu hüten wußte und statt dessen auf Grund der empirischen Erfahrung über die Geschichte der Novelle für diese mehr oder weniger die „Freiheit der Form" postulierte. Am Ausgang seines Berichtes faßt er seine Ergebnisse über die Forschungen von ERICH MÜLLER, RUDOLF BESTHORN, ERICH AUERBACH, LEO SPITZER, FRITZ REDENBACHER u. a. in einem negativ formulierten Satz zusammen, der in seiner bei den Romanisten so beliebten Kritik an der germanistischen Forschung zugleich ein positives Urteil über die romanistische enthält: „Durch den

Bericht über die romanistischen Spezialuntersuchungen glauben wir gezeigt zu haben, daß eine Theorie 'der Novelle', eine Definition ihrer 'Gattung' in diesem Zweig der Literaturwissenschaft heute nicht existiert" (S. 119).

Man wird auf diesen temperamentvollen Angriff freilich zugeben müssen, daß z. B. ROBERT PETSCHS Definitionen – Petsch versucht in seinem Buch »Wesen und Formen der Erzählkunst« (1934) im Kapitel »Die Novelle« (S. 245–261) etwa die „innere Unendlichkeit der Darstellung" in der Novelle gegen die einfache Form der Anekdote abzugrenzen und unterscheidet etwas mühsam zwischen den verschiedenen Kurz- und Langformen des Erzählens – für die geschichtliche Analyse nicht sehr ergiebig sind. Aus den verschiedensten Zeitaltern und den verschiedensten Gestaltungsformen der Novelle kristallisierte Petsch eine Art Abstraktum „die Novelle" heraus, und da er wohl selbst empfand, daß dies nicht genügte, machte er den Versuch, durch Beschreibung weiterer „Sproßformen der Novelle" (wie die „Geschichte", das Kunstmärchen, die Fabel) die „Novelle als hohe Kunstform" wiederum mit ihren „anspruchslosen Vorstufen", bzw. mit den „vordichterischen Erzählformen" erneut in Verbindung zu bringen. Oft fehlt es nach Pabst den Germanisten auch an genügender Kenntnis der bereits in der altprovenzalischen, mittellateinischen und spätantiken Novellistik zusammenströmenden Formtraditionen.

Aber dennoch hat sich inzwischen die Germanistik längst von der starren Gattungslehre entfernt. Bereits ARNOLD HIRSCHS kluges Buch »Der Gattungsbegriff 'Novelle'« (1928), das auch Pabst in gewissem Grade gelten läßt, gewann seine Einsichten über die Struktur der Novelle an konkreten Beispielen wie Boccaccios »Decameron«, ferner an »Eurialus und Lucretia«, an Goethes »Novelle« und an Erzählungen von Kleist, Arnim und Thomas Mann. Noch heute bleibt es das Verdienst von Hirsch, daß er den doppelten Aspekt der Novelle, nämlich ihre sowohl subjektive wie objektive Bezogenheit im Anschluß an Schlegels Überlegungen sehr deutlich herausgearbeitet hat. Was Schunicht später die „bilaterale Struktur" nennt, hat Hirsch ebenfalls schon zu beschreiben versucht. Das Formproblem dieser Gattung besteht nach Hirsch darin, „wie in einem unverbindlichen, objektiven und einmalig-unerhörten Bild eine allgemein ergreifende Aussprache und Gestaltung des menschlichen Innern vollzogen ist" (S. 147).

In den dreißiger Jahren hat dann vor allem HERMANN PONGS einen erneuten Vorstoß in der Novellenforschung unternommen. Bereits die Abhandlung über die »Grundlagen der deutschen Novelle des 19. Jahrhunderts« (1930) zieht Verbindungslinien zu Boccaccio und Cervantes und sucht zwischen der „geschlossenen" Form der um ein Symbol konstruktiv gruppierten Novelle, deren „Gestaltungsprinzip zugleich Widerspiegelung einer geschlossenen Weltanschauung ist, in deren Mitte die freie Selbstbestimmung des Menschen als Persönlichkeit steht" (S. 155), und der „offenen" Form zu unterscheiden, die „auf die Legende zurückweist und Irrationales einbezieht" (S. 157). Pongs nennt eine große Fülle von Novellentypen im Bereich der deutschen Dichtung: Charakter-, Ideen-, Schicksals-, Geister-, Legenden-, Stimmungs-, spätromantische, psychologische Novelle usw. Vor allem sind ihm aber „die tragische Schicksalsnovelle" (S. 192), bzw. die „Großform der Problem- und Schicksalsnovelle des 19. Jahrhunderts" (S. 193) wichtig, die er dann konsequent in den weiteren Aufsätzen »Möglichkeiten des Tragischen in der Novelle« (1931/32) und »Die Novelle und das Dämonische« weiter verfolgt hat. Im Sammelband »Das Bild in der Dichtung« (Bd 2, 1939) ist der Ertrag dieser Forschungen entweder wiederholt oder ergänzend erweitert worden. Geisteswissenschaftliche Betrachtungsweise und Interpretation einzelner Texte sind hier aufs engste miteinander verknüpft. Pongs interessiert dabei besonders der elementare Einbruch des dämonisch erschreckenden Ereignisses, der sich wiederholt und zu verschiedenen Zeiten in der Novelle als durchgebildeter Kunstform beobachten lasse. „Die bewußte Kunstform der Novelle ist solcher Übergewalt des Dämonischen gegenüber zuletzt nur noch als Stimmungs- und Rahmenkunst aufrechtzuerhalten, die ihre Novellenhandlung entfaltet, um an der Wende der Schicksale gleichsam wie an Brennpunkten das geheimnisvolle Es der Mächte durchleuchten zu lassen" (»Das Bild in der Dichtung«, Bd 2, S. 289). Dennoch bleibt auch für Pongs das Formideal der Novelle gesetzlich, weil im Idealfall dieser Gattung „das Zufällige einer Begebenheit unter der Kraft des Symbols in ein Gesetzhaftes und Allgemeingültiges verwandelt wird“ (S. 295 f.). Das ist freilich ein Blickpunkt, der weitgehend von der deutschen Novelle des 19. Jahrhunderts her gewonnen ist und der der romanischen Form der Gesellschaftsnovelle in keiner Weise mehr gerecht werden kann.

Hans Heinrich Borcherdts Buch aus dem Jahre 1926 über die »Geschichte des Romans und der Novelle in Deutschland« hat damals nur einen ersten Teil (»Vom frühen Mittelalter bis zu Wieland«) gebracht, dem leider nie ein zweiter gefolgt ist. Größere geschichtliche Überblicke suchten erst jetzt, d. h. in der zweiten, mit Pongs einsetzenden Phase der Novellenforschung, Johannes Klein und Josef Kunz zu geben, in beiden Fällen freilich mit der problematischen Einengung auf die Zeit von Goethe bis zur Gegenwart. Johannes Kleins »Geschichte der deutschen Novelle von Goethe bis zur Gegenwart« (1954) knüpfte an seine schon früher entwickelten Kategorien „Rahmen“, „novellistisches Ereignis“, „Leitmotiv“ und „Idee“ an und vermittelt eine sehr ausgedehnte stoffreiche Übersicht über die deutsche Novellenproduktion vom ausgehenden 18. Jahrhundert bis in unsere Zeit. Das einleitende Kapitel sucht, wenn auch auf etwas aperçuhafte Weise, Begriffsbestimmungen und Abgrenzungen gegen verwandte Formen wie Roman, Erzählung, Anekdote, Schwank, Facetie, Legende, Märchen, Kurzgeschichte, Skizze und Ballade zu geben, ohne dabei auf geschichtliche Zusammenhänge näher einzugehen. Der eigentliche Hauptteil des Buches liefert dann an einer Fülle von Beispielen „Strukturskizzen“, die Klein nicht mit Inhaltsangaben verwechselt haben möchte, und sucht dann anschließend das konkrete Material für die von Klein herausgestellten Kategorien auszuwerten. Die etwa gleichzeitig erschienene Darstellung von Josef Kunz »Geschichte der deutschen Novelle vom 18. Jahrhundert bis auf die Gegenwart« (1954) geht stärker als Klein vom Weltanschaulichen aus. Sie knüpft an den schon von Goethe in den »Wahlverwandtschaften« herausgehobenen „Konflikt des Gesetzlichen und des Ungebändigten“ an und deutet die Novelle als das „Sichmessen des Gesetzlichen mit jener Macht, die jeden Gesetzes spottet“ (Sp. 1831). Diese Betrachtungsweise war unvermeidlich mit einer weitgehenden Wertung, vor allem im Umkreis der modernen Dichtung, verbunden. Ganz in die metaphysische Spekulation gerät jedoch FRITZ LOCKEMANN in seinem Buch »Gestalt und Wandlungen der deutschen Novelle« (1957), wenn er die Novelle von der „Spannung zwischen Chaos und Ordnung" her definiert (S. 16). Die doktrinären Behauptungen dieses Buches sind in der wissenschaftlichen Kritik auf, wie ich meine, berechtigte Ablehnung gestoßen.

BENNO VON WIESE hat dann im ersten Band seines Werkes »Die deutsche Novelle von Goethe bis Kafka« (1956) an ausgewählten Beispielen in einer durchaus interpretierenden Methode vor allem den Bild- und Symbolgehalt zu entwickeln versucht. In dem zweiten Band (1962), der noch eine Reihe weiterer Erzähler miteinbezieht, suchte er den Spielraum des novellistischen Erzählens unter bewußtem Verzicht auf einen doktrinären und damit allzu starren Begriff der Gattung 'Novelle' genauer abzustecken. Formelemente wie die „Ironie", der „Zufall" und die Verwendung von „Zeichen" werden in der Einleitung zum zweiten Band besonders herausgehoben und an der Analyse der jeweiligen Texte beispielhaft verdeutlicht. Analytisch interpretierend ging auch WALTER SILZ in seinen 1954 erschienenen Untersuchungen zur deutschen Novelle des poetischen Realismus vor. FRITZ MARTINI wiederum umriß in seiner Darstellung »Deutsche Literatur im bürgerlichen Realismus 1848–1898« (1962) vor allem einen „geschichtlichen Formtypus" der Novelle, der sogar hier bereits, in einem relativ begrenzten historischen Raum, eine sehr elastische und erheblich variierende Ausgestaltung aufzuweisen hat. HELLMUTH HIMMEL hat in der ›Sammlung Dalp‹ eine »Geschichte der deutschen Novelle« (1963) veröffentlicht, die nach kurzer Charakterisierung der Vorgeschichte und der Theorie einen Durchblick von der klassischen Novelle bis zu der seit dem Expressionismus zu geben versucht. Diese Untersuchung gibt vor allem der „Biedermeiernovelle" einen größeren Raum, indem sie auch „die Diskussionsnovelle und ihr Widerspiel" als eine Art Vorform miteinbezieht. Im Ganzen ist aber Himmels Buch durchaus ein Kompendium, mit dessen Hilfe man sich über den Inhalt zahlreicher Novellen rasch unterrichten kann, und nicht etwa eine geschichtlich interpretierende Darstellung vom Wachstum der verschiedenen Novellentypen. Das ausgedehnte Literaturverzeichnis enthält zahlreiche weitere Hinweise.

Die Forschungen der letzten Zeit galten in erster Linie dem Komplexen und Hochdifferenzierten des Gattungstypus 'Novelle' im 19. Jahrhundert. Sie waren zweifellos dabei auch angeregt durch das erneute Interesse der modernen Literaturwissenschaft für erzählerische und erzähltechnische Probleme überhaupt (WOLFGANG KAYSER, EBERHARD LÄMMERT, KÄTE HAMBURGER). Auch innerhalb der germanistischen Forschung ist immer deutlicher geworden, daß es einen sogenannten „Idealtypus" der Novelle nicht gibt. Daran ändert auch nichts das radikal polemische, aber völlig unzulängliche Buch von MALMEDE, das alle geistesgeschichtlichen und künstlerischen Gesichtspunkte mit einer anmaßenden Geste beiseite schiebt. Mit bloßer Begriffsspalterei kann man dem verwickelten Gattungsproblem nicht beikommen. Aber das soll nicht etwa heißen, daß es die Geschichte der Gattung nicht gäbe, zumal dann, wenn man sie vom lebendigen geschichtlichen Wachstum her begreift. Erzähltraditionen haben stets eine neue Anreicherung durch andere Formmöglichkeiten empfangen können, die freilich nicht, im Sinne Pabsts, von vornherein „frei" zu sein brauchten, sondern sich in einem jeweils schon vorgegebenen Spielraum entfaltet haben. Wie sich der mögliche Spielraum eines Gattungstypus und die ständig wechselnden geschichtlichen Situationen zueinander verhalten, wie sich im Wandel der Formen und Stile geschichtliche Lebensvorgänge spiegeln oder auch umgekehrt, das alles sind Fragen, die der Literaturwissenschaft weiter aufgegeben sind. Gerade am Beispiel der Novellenforschung wird das in besonders hohem Maße deutlich. Vielleicht stehen wir hier in mancher Hinsicht heute eher noch am Anfang als am Ende, zumal ja, wie an anderer Stelle dieser kleinen Schrift schon von mir hervorgehoben wurde, die Kluft zwischen der Novelle als einer Urform des Erzählens und der Novelle als einer hochdifferenzierten Kunstform nach wie vor nicht überbrückt ist und sich sicher auch nur auf der Basis sehr ausgedehnter, weit über Deutschland hinausreichender Forschungen überhaupt schließen läßt. Wer jedoch kann voraussagen, ob ein solches Werk, und sei es auch nur über die Geschichte der europäischen Novelle, je geschrieben werden wird?

A. Zur Entwicklung der Theorie der Novelle in Deutschland:

SULZER, J. G.: Allgem. Theorie der Schönen Künste, Bd 3. [2]1793.
SCHLEGEL, F.: Nachricht von den poetischen Werken des Johannes Boccaccio, in: F. S., Seine prosaischen Jugendschriften, 2 Bde, hrsg. v. J. Minor. Bd 2, 1882, S. 396–414.
DERS.: Literary Notebooks. Hrsg. v. H. Eichner. 1957.
SCHLEGEL, A. W.: Vorlesungen über Schöne Litteratur u. Kunst, 3. Teil (1803/04), in: Dt. Litteraturdenkmale des 18. u. 19. Jahrhunderts in Neudrucken hrsg. v. B. Seuffert. Bd 19. 1884.
SCHLEIERMACHER, F.: Vertraute Briefe über Friedrich Schlegels Lucinde. 1800.
DERS.: Ästhetik, hrsg. v. R. Odebrecht. 1931.
TIECK, L.: Schriften. Bd 11. 1829.
VISCHER, F. TH.: Ästhetik. Teil III, 2. 1857.
MUNDT, TH.: Moderne Lebenswirren, Briefe u. Zeitabenteuer eines Salzschreibers. 1834.
DERS.: Ästhetik. Die Idee der Schönheit u. des Kunstwerks im Lichte unserer Zeit. 1845.
STORM, TH.: Sämtl. Werke, hrsg. v. A. Köster. Bd 8. 1923.
STORM/KELLER: Briefwechsel, hrsg. v. A. Köster. [3]1909.
SPIELHAGEN, F.: Beiträge zur Theorie u. Technik des Romans. 1883.
DERS.: Neue Beiträge zur Theorie u. Technik der Epik u. Dramatik. 1898.
Deutscher Novellenschatz, hrsg. v. P. Heyse u. H. Kurz. [1871.]
HEYSE, P.: Jugenderinnerungen und Bekenntnisse. [3]1900.
ERNST, P.: Der Weg zur Form, Abhandlungen über die Technik vornehmlich der Tragödie u. Novelle. 1906, [4]1928.
LUKÁCS, G.: Die Seele u. die Formen, Essays. 1911, 1971 (SL 21).
DERS.: Die Theorie des Romans, Ein geschichtsphilosoph. Versuch über die Formen der großen Epik. 1920, [4]1977.
MUSIL, R.: Literarische Chronik [1914], in: R. M., Tagebücher, Aphorismen, Essays u. Reden, hrsg. v. A. Frisé. 1955.

B. Wissenschaftliche Arbeiten und allgemeine Untersuchungen zur Theorie der Novelle:

1. Allgemein:

ELOESSER, A.: Roman u. Novelle, in: LE 9, 1906/07, Sp. 349ff.
HERRIGEL, H.: Novelle u. Roman, in: ebda 16, 1913/14, Sp. 81ff.
WALZEL, O.: Die Kunstform der Novelle, in: ZfdU 29, 1915, S. 161 bis 184; auch in: O. W., Das Wortkunstwerk, 1926, S. 231–259.

Jolles, A.: Einleitung zur neuen deutschen Ausgabe des Dekamerons, in: Giovanni di Boccaccio, Das Dekameron. 1921.
Franck, H.: Deutsche Erzählkunst. 1922.
Hirt, E.: Das Formgesetz der epischen, dramatischen u. lyrischen Dichtung. 1923.
Emonts, M.: Zur Technik der Psychologie in der Novelle, in: GRM 12, 1924, S. 328–340.
von Grolman, A.: Artikel »Novelle«, in: RL Bd 2, 1926/28.
Klein, J.: Artikel »Novelle« in: RL Bd 2, ²1963.
Borcherdt, H. H.: Geschichte des Romans u. der Novelle, T. 1. 1926.
Hirsch, A.: Der Gattungsbegriff 'Novelle'. 1928. (Germ. Studien. 64.)
von Grolman, A.: Die strenge 'Novellen'form u. die Problematik ihrer Zertrümmerung, in: ZfDk. 43, 1929, S. 609–627.
Petsch, R.: Die Kunstform der Novelle, in: Pädagog. Warte 36, 1929, S. 577–584.
Pongs, H.: Über die Novelle, in: ZfdB 5, 1929, S. 175ff.
Sprengel, J. G.: Die deutsche Novelle als Kunstform u. Bildungsaufgabe, in: ZfdB 5, 1929, S. 645ff.
Jolles, A.: Einfache Formen. 1930, ⁵1974.
Klein, J.: Wesen u. Erscheinungsformen der deutschen Novelle, in: GRM 24, 1930, S. 81–100.
Pongs, H.: Grundlagen der deutschen Novelle des 19. Jahrhunderts, in: Jb. d. Freien Deutschen Hochstifts 1930, S. 151–231; auch in: H. P., Das Bild in der Dichtung, Bd 2. 1939.
Petsch, R.: Die Lehre von den „einfachen Formen", in: DVjs. 10, 1932, S. 335–369.
Ders.: Die Lehre von den ältesten Erzählformen, in: Dichtung u. Volkstum 35, 1934, S. 96–113.
Ders.: Wesen u. Formen der Erzählkunst. 1934.
Jenkner, H.: Plädoyer für die Novelle, in: LE 36, 1934, S. 330ff.
von Taube, O.: Die Novelle und andere Erzählungen, in: Das Innere Reich 2, 1935, S. 643ff.
Rogers, W. H.: Form in the Art-Novel, in: Helicon 2, 1938/39, S. 1–7.
Cysarz, H.: Die gattungsmäßigen Form-Möglichkeiten der heutigen Prosa, in: ebda 2, 1938/39, S. 172ff.
Morgan, B. Q.: The Novelette as a literary form, in: Symposion 1, 1946/47, H. 1, S. 34–39.
Kayser, W.: Das sprachliche Kunstwerk. 1948, ¹⁷1976.
Mulot, A.: Die Novelle u. ihre Interpretation, in: Der Deutschunterricht 3, 1951, H. 2, S. 3–17.

von Arx, B.: Novellistisches Dasein, Spielraum einer Gattung in der Goethezeit. 1953.

Pfeiffer, J.: Wege zur Erzählkunst. 1953, ^{6}1964.

Klein, J.: Die Formelemente der Novelle, in: Welt u. Wort 9, 1954.

Ders.: Geschichte der deutschen Novelle von Goethe bis zur Gegenwart. 1954, ^{4}1960.

Kunz, J.: Geschichte der deutschen Novelle seit dem 18. Jh., in: Dt. Ph. im Aufriß, Bd 2, 1954, Sp. 1739–1840; ^{2}1960, Sp. 1795–1896.

Silz, W.: Realism and Reality, Studies in the German Novelle of Poetic Realism. 1954.

Lämmert, E.: Bauformen des Erzählens. 1955, ^{6}1975.

Lockemann, F.: Gestalt u. Wandlungen der deutschen Novelle, Geschichte einer literar. Gattung im 19. u. 20. Jahrhundert. 1957.

Erné, N.: Kunst der Novelle. 1956, ^{2}1961.

Kosch, W.: Novelle, in: Dt. Lit. Lex., Bd 3. ^{2}1956.

von Wiese, B.: Wesen u. Geschichte der deutschen Novelle seit Goethe, in: Die dt. Novelle von Goethe bis Kafka, Bd 1, 1956, S. 11–32; zuletzt 1967.

Hamburger, K.: Die Logik der Dichtung. 1957, ^{2}1968.

Koskimies, R.: Die Theorie der Novelle, in: Orbis Litterarum 14, 1959, S. 65–88.

Prang, H.: Formprobleme der Novelle, in: Hüter der Sprache, 1959, S. 19–38.

Silz, W.: Geschichte, Theorie u. Kunst der deutschen Novelle, in: Der Deutschunterricht 11, 1959, H. 5, S. 82–100.

Schunicht, M.: Der 'Falke' am 'Wendepunkt', in: GRM NF 10, 1960, H. 1, S. 44–65.

Müller, J.: Novelle und Erzählung, in: Etudes Germaniques 16, 1961, S. 97–107.

von Wiese, B.: Vom Spielraum des novellistischen Erzählens, in: Die dt. Novelle von Goethe bis Kafka, Bd 2, 1962, S. 9–25; zuletzt 1965.

Malmede, H.H.: Wege zur Novelle, Theorie u. Interpretation der Gattung Novelle in der dt. Literaturwissenschaft, 1966. – vgl. dazu die Kritik von K. K. Polheim in: ZfdPh. 85, 1966, S. 615–628.

Kern, E.: The Romance of Novel/Novella, in: The Disciplines of Criticism. New Haven/London, 1968, S. 511–530.

Psaar, W.: Novellistische Erzählform im Unterricht. Probleme u. Aufgabe. 1969.

LoCicero, D.: Novellentheorie, The Practicality of the Theoretical The Hague/Paris 1970.

Ellis, John M.: Narration in the German Novelle, Theory and interpretation, London 1974.

Köhn, L.: Dialektik der Aufklärung in der deutschen Novelle, DVjs 31, 1977, S. 436–458.

Paine, J. H. E.: Theory and criticism of the novella, Bonn, 1979.

2. Forschungsberichte und Forschungen zu speziellen Problemen:

a) Forschungsberichte:

Pabst, W.: Die Theorie der Novelle in Deutschland (1920–1940), in: Romanist. Jb. 2, 1949, S. 81–124.

Burger, H. O.: Theorie u. Wissenschaft von der deutschen Novelle, in: Der Deutschunterricht 3, 1951, H. 2, S. 82–98.

Fink, G.-L.: Prolégomènes à une histoire de la nouvelle allemande, in: Etudes Germaniques 19, 1964, S. 63-69.

Polheim, K. K.: Novellentheorie und Novellenforschung. 1945 bis 1964, in: DVjs. 38, 1964, Sonderheft, S. 208–316 (ausgezeichneter Literaturbericht; auch als erweiterter Sonderdruck erschienen: 1965. VI, 122 S.).

b) zur Novelle in der Romania:

Krauss, W.: Novela-Novelle-Roman, in: Ztschr. f. Roman. Philologie 60, 1940, S. 16–28; auch in: W. K., Ges. Aufsätze zur Lit.- u. Sprachwissenschaft, 1949, S. 50ff.

Pabst, W.: Novellentheorie u. Novellendichtung, Zur Geschichte ihrer Antinomie in den roman. Literaturen. 1953.

Zanders, J.: Die altprovenzalische Prosanovelle. 1913.

Müller, E.: Die altprovenzalische Versnovelle. 1930.

Auerbach, E.: Zur Technik der Frührenaissancenovelle in Italien u. Frankreich. 1921.

Besthorn, R.: Ursprung u. Eigenart der älteren italienischen Novelle. 1935. (Romanist. Arbeiten. 24.)

Gröber, G.: Über die Quellen von Boccaccios Decameron, in: G. G., Einführung in die romanischen Klassiker, Bd 1. 1913.

Schirmer, W. F.: Boccaccios Werke als Quelle G. Chaucers, in: GRM 12, 1924, S. 288–305.

Vossler, K.: Zu den Anfängen der französ. Novelle, in: Studien zur vergleichenden Literaturgeschichte, Bd 2, 1902, S. 3–36.

Tiemann, H.: Die Entstehung der mittelalterl. Novelle in Frankreich. 1961.

Spitzer, L.: Marie de France – Dichterin von Problem-Märchen, in: L. S., Romanische Stil- u. Literatur-Studien, Bd 1, 1931, S. 55 bis 102. (Kölner Romanist. Arbeiten. 1.)

Redenbacher, F.: Die Novellistik der französ. Hochrenaissance, in: Ztschr. f. französ. Sprache u. Lit. 49, 1927, S. 1–72.

Küchler, W.: Cent Nouvelles nouvelles, Ein Beitrag zur Geschichte der französ. Novelle, in: ebda 30, 1906, S. 264–331; 31, 1907, S. 31ff.

PFANDL, L.: Geschichte der spanischen Nationalliteratur in ihrer Blütezeit. 1929.

SPITZER, L.: Das Gefüge einer cervantinischen Novelle, in: L. S., Romanische Stil- u. Literatur-Studien, Bd 2, 1931, S. 141–180. (Kölner Romanist. Arbeiten. 2.)

DERS.: Zur Kunst Quevedos in seinem Buscón, in: ebda, S. 48–125.

HATZFELD, H.: Die spanische Renaissance, in: Die romanischen Literaturen von der Renaissance bis zur Französ. Revolution. 1924.

WETZEL, H. H.: Die romanische Novelle bis Cervantes (Sammlung Metzler, Bd 162), Stuttgart 1977.

EITEL, W. (Hrsg.): Die romanische Novelle (Ars interpretandi, Bd 7), 1977.

c) zum „Rahmen" und zur „Rahmenerzählung":

KANZOG, K.: Rahmenerzählung, in: RL Bd 3. [2]1968.

LÖHMANN, O.: Die Rahmenerzählung des Decameron, ihre Quellen u. Nachwirkungen. Ein Beitrag zur Geschichte der Rahmenerzählung. 1935. (Romanist. Arbeiten. 22.)

LOCKEMANN, F.: Die Bedeutung des Rahmens in der deutschen Novellendichtung, in: Wirk. Wort 6, 1955/56, S. 208–217.

STEPHAN, D.: Das Problem des novellistischen Rahmenzyklus, Untersuchungen zur Geschichte einer Darbietungsform von Goethe bis Keller. Diss. Göttingen 1960.

GOLDSTEIN, M.: Die Technik der zyklischen Rahmenerzählung Deutschlands von Goethe bis Hoffmann. Diss. Berlin 1906.

BRACHER, H.: Rahmenerzählung u. Verwandtes bei G. Keller, C. F. Meyer u. Th. Storm, Ein Beitrag zur Technik der Novelle. 1924.

BLANCK, H.: Die Technik der Rahmenerzählung bei Stifter. Diss. Münster 1925.

REMAK, H. H.: Der Rahmen in der deutschen Novelle. Dauer im Wechsel. In: Studies in Honor of Harold Jantz, München 1972, S. 246–262 (mit weiteren Literaturhinweisen)

d) zum „Falken":

MITCHEL, R. M.: Heyse and his predecessors in the theory of the Novelle. 1915.

PONGS, H.: Das Bild in der Dichtung, Bd 2, 1939, S. 97–109, 110 bis 183.

SCHUNICHT, M.: Der 'Falke' am 'Wendepunkt', Zu den Novellentheorien Tiecks u. Heyses, in: GRM 41, 1960, S. 44–65.

e) zum „Wendepunkt“:

Wortig, I.: Der 'Wendepunkt' in der deutschen Novelle u. seine Gestaltung. Diss. Frankfurt 1931.

f) Novelle und Anekdote:

Grenzmann, W.: Anekdote, in: RL Bd. 1. ²1958.

Kosch, W.: Anekdote, in: Dt. Lit. Lex., Bd 1. ²1949.

Borcherdt, H. H.: Anekdote, in: Sachwörterbuch der Deutschkunde, Bd 1. 1930.

Grothe, H.: Anekdote (Slg. Metzler 101). 1971.

Francke, H.: Das Wesen der Anekdote, in: Die Propyläen, Beil. d. Münchner Ztg, 1939, Nr 43.

Behl, C. F. W.: Über das Anekdotische, in: Die Literatur 38, 1935/36.

Lorenzen, H.: Typen deutscher Anekdotenerzählung. Diss. Hamburg 1935.

Dalitzsch, M.: Studien zur Geschichte der deutschen Anekdote. Diss. Freiburg 1923.

Bracht, O.: Anekdote u. Kurzgeschichte, in: Reichspost (Wien), 1936, Nr 171.

Walser, E.: Zur Theorie des Witzes u. der Novelle nach dem de sermone des Jovianus Pontanus. Diss. Straßburg 1908.

g) Novelle und Tragödie:

Bruch, B.: Novelle u. Tragödie: Zwei Kunstformen u. Weltanschauungen, Ein Problem aus der Geistesgeschichte des 19. u. 20. Jahrhunderts, in: ZfÄ 22, 1928, S. 292–330.

Pongs, H.: Möglichkeiten des Tragischen in der Novelle, in: Jb. d. Kleist-Ges. 13/14, 1931/32; auch in: H. P., Das Bild in der Dichtung, Bd 2. 1939.

Petsch, R.: Novelle u. Drama, in: Der Kreis (Hamburg) 6, 1929, S. 572–581.

h) Nachtrag

Kunz, J. [Hrsg.]: Novelle. (Wege der Forschung. LV.) 1968, 2. verb. Auflage 1973. Enthält: I. Vorstufen [Äußerungen von Novellisten, Kritikern, Ästhetikern über Wesen und Kunst der Novelle]; II. Erste Phase der literaturwissenschaftlichen Diskussion; III. Wege der neueren Novellenforschung.

Segebrecht, W.: Geselligkeit und Gesellschaft. Überlegungen zur Situation des Erzählers im geselligen Rahmen, in: GRM 25, 1975, S. 306–322.

II. Teil

Geschichte der Novelle

1

Allgemeiner Überblick über die Ausbreitung des novellistischen Erzählens und der Novelle von den orientalischen Anfängen bis zu Goethe

Je nach dem Ausgangspunkt der Betrachtung ist die Novelle eine sehr alte Erzählform oder erst eine relativ moderne Gattung. Seit der italienischen Frührenaissance mit ihrem Höhepunkt Boccaccio (»Decameron«, 1353) wird 'Novelle' zur Gattungsbezeichnung. Jedoch sind die Stoffe und die Methoden des novellistischen Erzählens sehr viel älter. Sie reichen bis in die orientalischen Literaturen, insbesondere die indische der vorchristlichen Zeit zurück. Zyklische Zusammenfassung verschiedener Geschichten durch eine Rahmenerzählung gibt es bereits im »Pantschatantra« (um 300 n. Chr., in seiner Überlieferung jedoch sehr viel älter); vor allem aber gehören die arabischen Märchen von »Tausendundeiner Nacht« hierher, von denen Teile seit 1400 in Italien bekannt sind. Sie bleiben gerade in ihrer Vermischung mit anderen Formen (Märchen, Sagen, Humoresken, Legenden, Anekdoten) eine unerschöpfliche Fundgrube für das novellistische Erzählen. Wenn auch die Novelle keineswegs immer innerhalb eines Rahmens aufzutreten braucht, so gehört dennoch ein solches zusammenhaltendes Gerüst – ungleichartige Geschichten werden in einer Weise zusammengeschlossen, die sich nicht aus den Erzählungen selbst ergibt – zu den Strukturelementen, die von den ältesten Novellendichtungen bis zu den Novellen Goethes und Kellers reichen. Mit der Rahmenerzählung als literarischer Form verbindet sich bereits in Indien der Gedanke eines dichterischen Bilderbuchs, das der beispielhaften Lehrunterweisung dient. Die Erzählungen des »Pantschatantra« vermitteln den Söhnen des Königs Lebensweisheit; die Geschichte von den »SIEBEN WEISEN MEISTERN«, ursprünglich eine volkstümliche indische Rahmenerzählung von SENDABAD, die dann später zahlreiche orientalische Bearbeitungen, aber auch solche in lateinischer und französischer, schließlich in spanischer und italienischer Sprache erhalten hat (vgl. Landau »Die Quellen des Dekameron«, S. 28–88), ist von einer ausgesprochen pädagogischen Tendenz zu moralischen Leitsätzen beherrscht; die Erzählungen des SUKASAPTATI im indischen »PAPAGEIENBUCH« wollen mit ihren Beispielen die Frau vor der Untreue bewahren. Sehr oft aber wird das Erzählen zu einem Wettlauf mit dem Tod. Die Konstellation ist in derartigen Geschichten immer die gleiche: Ein gefährlicher Termin muß überschritten werden, denn eben dieser Termin kann über Leben und Tod entscheiden. Der Erzähler überwindet dann, wie im Falle der Scheherezade in »Tausendundeiner Nacht«, durch die Macht seines Erzählens die Macht der Zeit. Das bedeutet aber immer auch einen Triumph der Phantasie. „Die ‚Novelle'" – so heißt es in einem Aufsatz KARL REINHARDTS über HERODOT – „ist die Denkform, in der sich der Orient äußert, nicht nur über das Vergangene, sondern schlechthin"; denn es sei eine Gabe des Orients, „Sage und ‚Erinnerung' unverzüglich in Novellen zu verwandeln".

Novellistisches Erzählen gibt es weiterhin in der Antike. Bereits HERODOTS Persergeschichten lösen unter orientalischem Einfluß einen Geschichtsstoff in eine Kette von Einzelereignissen auf. Eben diese Verschlingung des Persischen mit dem Griechischen, dieses gegenseitige Durchdringen von novellistischer Dichtung und historischer Überlieferung ist für die Erzählungen Herodots charakteristisch, sei es für die von Gyges und Kandaules oder für die um Krösus sich rankenden Geschichten, für das Schatzhaus des Rhampsinit, für die Brautfahrt des Hippokleides oder für die Erzählungen über Polykrates und Periander. Kein anderer, so hebt Karl Reinhardt hervor, lehrt so wie Herodot die „Gebärden derer, die Geschichte machen, als ihr Schicksal deuten". Um 100 v.Chr. wurden dann die Milesischen Geschichten von ARISTIDES gesammelt, die mit ihrem Austausch von Griechischem und Kleinasiatischem weiterhin auf die in den Werken des PETRONIUS und des APULEJUS eingestreuten erotischen Novellen eingewirkt haben. Dazu tritt später noch die juristische Kasuistik der Römer (SENECA DER ÄLTERE) und die Exemplasammlung des VALERIUS MAXIMUS. Diese Tradition setzt sich in den mittelalterlichen Heiligenlegenden und Exemplasammlungen fort, deren bedeutendste die »Disciplina clericalis« des PETRUS ALFONSI (nach 1100) ist, ferner im spanischen Mittelalter im »Conde Lucanor« des JUAN MANUEL (um 1330), in den kurzen Verserzählungen des französischen Hochmittelalters ('Lais', 'Fabliaux') bis zur Prosadichtung der Italiener des 14. Jahrhunderts, die dann allmählich zur Gattung Novelle vorstößt. Die älteste Novellensammlung dieser Art ist der »NOVELLINO«, der 1256 in Toskana von einem Sammler zusammengestellt und im Anfang des 14. Jahrhunderts überarbeitet wurde. Die Kunst des novellistischen Erzählens erreicht bei BOCCACCIO einen ersten Höhepunkt.

So wie von Boccaccios »Decameron« ein fast unbegrenzter Einfluß auf die gesamte nachfolgende, europäische erzählende Literatur ausgegangen ist, so ist diese Sammlung auch selbst wiederum ein großes Sammelbecken, in das sehr Verschiedenes eingeströmt ist: Volkstümliches, antik Hellenistisches und die französische Dichtung des 12. und 13. Jahrhunderts. Nachdrücklich hat – nach Jolles – auch DANTE auf sie eingewirkt. Im Gegensatz zu JOLLES wird man freilich heute nicht mehr annehmen dürfen, daß Boccaccio aus Dante ein kunstloses Sprechen gelernt habe, da das Italienisch des Boccaccio auch als Vulgärsprache bereits im hohen Ausmaß stilisiert ist. Der Rahmen ist bei Boccaccio nicht wie in »Tausendundeiner Nacht«, im »Papageienbuch« und im Volksbuch von den »Sieben Weisen Meistern« eine selbständige Erzählung, die ihren eigenen Weg nimmt, sondern besteht aus einer mehr oder weniger genauen Beschreibung der Personen, die erzählen, und des Milieus, in dem erzählt wird. Zum gleichen Typus gehören auch JUAN MANUELS »Conde Lucanor« und CHAUCERS »Canterbury Tales«. Zehn Personen, sieben Damen und drei Herren, finden sich bei Boccaccio auf einem reichen Florentiner Landgut zusammen und erzählen sich in zehn Tagen hundert Geschichten, um auf diese Weise die furchtbare Schreckensherrschaft der großen Pest von 1348 zu überdauern. Auch hier geht es also um das

Überwinden einer gefährlichen Zeitspanne durch Erzählen und im Erzählen. Diese Erzählungen sind sehr verschiedener und keineswegs einheitlicher Art. Alte Fabel- und Märchenmotive verbinden sich kunstvoll mit modernen Schwänken und einer humanistischen, am Lateinischen geschulten Rhetorik. PONGS hebt das konstruktive Gestaltungsprinzip des Boccaccio hervor, das „Widerspiegelung einer geschlossenen Weltanschauung" sei, „in deren Mitte die freie Selbstbestimmung der Menschen als Persönlichkeit steht" (Jb. d. Freien Dtschen Hochstifts 1930, S. 155); neben den pointierten Wechselfällen des Geschickes fänden sich auch bereits „Liebesgeschichten, in denen sich Charaktere bewähren aus dem Ganzen ihrer Existenz" (S. 153), ja darüber hinaus ebenso auf die Legende zurückverweisende Erzählungen wie die Griseldisnovelle, die die Brücke zur romantischen Dichtung zu schlagen vermochte. Keineswegs läßt sich hier überall jener durch Paul Heyse so berühmt gewordene „Falke" finden, von dem die neunte Geschichte des fünften Tages berichtet.

Rahmen und *Erzählungen* stehen zueinander in einem stilistischen Kontrast. Im Rahmen sucht sich Boccaccio durch einen strengen Stil von der Wirklichkeit zu entfernen; in den Novellen wird uns mit allen Mitteln die Wirklichkeit nahegebracht. Während in den Novellen der Erzähler sich mitten im Dargestellten befindet, vergrößert der Schriftsteller im Rahmen absichtlich die Distanz zwischen beidem. Auch wo Boccaccio nicht frei erfindet, sondern bereits vorgegebene Stoffe verwendet, treibt er mit ihnen ein verwegenes Spiel. Gerade dem Typischen verleiht er meist den Reiz des Einzigartigen, Wahren und Neuen, wobei er in der Namengebung und in der Beschreibung von Landschaft und Umgebung sehr genau verfährt. Ton und Farbe der Sprache passen sich den einzelnen Charakteren an. Innerhalb der profanen Alltäglichkeit behauptet sich der Mensch mit Verstand, List und Kühnheit im unvorhergesehenen Wechsel der Fortuna. Trotz der renaissancehaften Freude am souveränen Individuum geht aber dennoch die Spannung zu einem zusammenhaltenden Gesetz der Gesellschaft nie verloren. Amor als der Leiter des Minnespiels wird der Gott dessen, was wir Menschen auf Erden ersehnen; aber Boccaccio kennt über Fortuna und Amor hinaus noch die hohe

Tugend der Großmut. So hat ihn JOLLES überzeugend beschrieben, als einen ebenso heiteren wie moralischen Dichter, der am mittelalterlichen Gedanken der Vanitas noch festhält, aber auch schon voller Lebensfreude die Lehre verkündet, daß sich schließlich doch alles zum Guten wende.

Lange Zeit blieb Boccaccio das große Vorbild der europäischen Novellistik. Erst mit MATTEO BANDELLO (um 1485 bis 1561) gab es in Italien einen weiteren bedeutenden Meister, der die zyklische Rahmenerzählung verläßt und den neuen Typus der tragischen Novelle herausbildet. Spiegel des französischen 15. Jahrhunderts sind die unter Boccaccios Einfluß entstandenen »CENT NOUVELLES NOUVELLES« (1440, Verfasser unbekannt), die sich mit ihrem preziösen Stil an eine höfische Gesellschaft wenden. Sie werden übrigens noch von Goethe mehrfach erwähnt; die letzte Geschichte der »Cent Nouvelles nouvelles« liefert den Stoff für die Prokuratorgeschichte in den »Unterhaltungen deutscher Ausgewanderten«. Nach Bandello erreicht erst MARGARETE VON NAVARRAS »Heptaméron des nouvelles« (1558) mit seinem Wechsel von erotischen und idealistischen Stoffen eine Individualisierung der Charaktere und eine Abstimmung auf einen subjektiven Erzählton. Auch nach England dringt der Einfluß Boccaccios; das lassen vor allem GEOFFREY CHAUCERS Verserzählungen, die »Canterbury Tales« (1387ff.), deutlich erkennen. Unabhängig von Boccaccio entstand dort früher, wahrscheinlich um 1340, die Sammlung mittelalterlicher Novellen »GESTA ROMANORUM«, die Anekdoten und Episoden aus der römischen Geschichte als moralische exempla behandelten.

Das deutsche Hochmittelalter kennt nur eine Versnovelle: die sicherlich auf eine französische Vorlage zurückgehende kleine Verserzählung von MORIZ VON CRAÛN (um 1180/90). Diese behandelt einen durchaus pikanten und amüsanten Stoff, nämlich eine Skandalgeschichte aus der Welt des französischen Hochadels. Das darf aber nicht darüber hinwegtäuschen, daß der Dichter seine Geschichte lediglich darum erzählt, um sie von seiten der Minnekasuistik her auszulegen. Sie interessiert ihn nur, weil ihr eine exemplarische Bedeutung zukommt. Diese höfische Novelle hat in Deutschland keine direkten Nachfolger gehabt, denn die Zeit der kleinen Versnovellen beginnt erst sehr viel später. Mit der neueren Novelle hat sie jedoch genauso wenig wie etwa die mittelalterliche âventiure gemeinsam.

Wie steht es aber mit der deutschen Entwicklung seit der Literatur des ausgehenden Mittelalters? Dürfen wir auch hier bereits von „Novellen“ reden? Zur Vorgeschichte gehören vor allem JANS' »Weltchronik« (nach 1276) mit ihrer unbekümmerten Mischung legendärer und anekdotischer Erzählungen, DER STRICKER (zwischen 1240 und 1280) mit seiner episch-didaktischen Kleindichtung, ferner KONRAD VON WÜRZBURG (etwa 1230–1287) mit dem Typus der höfischen Minnenovelle („Herzemære“). Ob man auch WERNHER DEN GÄRTNER mit seinem »Meier Helmbrecht« hier miteinbeziehen darf, erscheint mir allerdings zweifelhaft. Wohl könnte manches aus der bürgerlichen Prosadichtung des Spätmittelalters genannt werden wie z. B. »DER SCHÜLER VON PARIS«. Neben der Einwirkung des Boccaccio hält sich in Deutschland ebenso die dem spätantiken Schema nachgebildete prosaische Heiligenlegende; außerdem findet in der humanistischen Zeit die von FRANCESCO POGGIO (1380–1459) in Italien geprägte *Fazetie* (»liber facetarium«, zwischen 1438 und 1452 entstanden), die launige, drollige, oft sehr gewagte Erzählung, in Analogie zur weltlichen Kurzgeschichte und zum geistlichen Predigtmärlein mannigfache Nachahmung.

In der Zeit des Humanismus finden sich vor allem Übersetzungen italienischer Novellen. So übersetzt NICLAS VON WYLE (um 1410–1478) etwa Novellen des ÄNEAS SILVIUS (»Eurialus und Lucretia«, 1444), aber auch eine Novelle aus dem »Decameron«. HEINRICH STEINHÖWEL (1412–1478) übersetzt aus dem »Decameron« die Griseldisnovelle. ARIGO (Pseudonym eines unbekannten Nürnberger Patriziers) übersetzt um 1460 das »Decameron« ganz. Am wichtigsten von ihnen ist ALBRECHT VON EYB (1420–1475); sein »Ehebüchlein« (1472) enthält drei bekannte Renaissance-Novellen (Guiskard und Sigismunda, die Griseldisnovelle und die Marinanovelle, die in Goethes »Unterhaltungen deutscher Ausgewanderten« als die Geschichte vom klugen Prokurator wiederkehrt).

Unabhängig von Italien entsteht der zweite große Höhepunkt romanischer Novellenkunst, die »Novelas ejemplares« (1613) des CERVANTES. Auf eine Rahmengebung ist hier verzichtet worden. Milieu und Charaktere werden noch stärker betont als bisher, aber auch hier geht es in der kontrastierenden Darstellung von Charakteren um den entscheidenden Augenblick, der der menschlichen Planung zuwiderläuft. Im Kampf mit der jeweiligen Situation soll sich der Charakter als der stärkere bewähren. Den großmütigen Liebhaber von Leonissa läßt Cervantes sehr bezeichnend über sie sagen: „An ihr hat sich der Spruch bewährt, daß die, deren Charakter einmal feststeht, wohl die Länder tauschen, aber ihr Wesen nicht ändern können.“ Leo Spitzer betont am Beispiel des eifersüchtigen Extremadurer (»El celoso estremeño«) die Denkarbeit des Cervantes, die ihn alle Vorsichtsmaßregeln des Eifersüchtigen ab adsurdum führen läßt. Mit heiterem Humor erobere sich Cervantes seinen Platz neben dem Abgrund. Er erzähle aus der Fähigkeit zur Distanz heraus und besitze in seiner Eigenschaft als Erzähler noch etwas von der Heiterkeit und Überlegenheit des Gottes. Das „Enttragisieren“ des Cervantes sei ein Annähern der Tragik des Lebens an den Zuhörer in seiner Ruhelage eines Hörenden (Spitzer, S. 170). Ebenso unterstreicht Pongs die souveräne Freude des Cervantes am Spiel bei gleichzeitiger Geschlossenheit der Gestalt der Novelle. Seiner Meinung nach werden hier nicht exempla aufgestellt, die eine Lehre vermitteln, sondern exempla als „Urbilder des Menschlichen“, auf eine bestimmte Idee hin geformt. Es ist die Idee des „herrschaftlichen Menschen“ (Voßler) „innerhalb der Welteinheit der Kirche“, das spanische Renaissance-Ideal, „das der Welt und Gott, der Gesellschaft und der Kirche, der Sitte und der Religion Genüge tun will“ (Jb. d. Freien Dtschen Hochstifts 1930, S. 160 ff.). Wenn Pongs bei Cervantes den Typus *der „ironischen“ Novelle* hervorhebt, so hat Spitzer stärker die *innere Architektonik* der Novellenform charakterisiert. So sehr auch die einzelnen Charaktere an Selbständigkeit gewinnen, sie müssen sich dennoch ins Gefüge des Ganzen einpassen. Sowohl die Freude am Spiel wie die Geschlossenheit der Gestalt sind nach Spitzer beides noch Ausflüsse „der providentiellen Fügung“. Am Ende seiner Analyse faßt Spitzer seinen Gedankengang pointiert zusammen: „Cervantes ist der Dichter eines lateinischen Landes, in dem Intelligenz und Wille Werte sind: daher zeichnet er an der Leidenschaft vor allem den Schiffbruch der Intelligenz und des Willens und daher baut er seine Novelle auch auf mit Gestaltungsintelligenz und Gestaltungswillen" (S. 180).

Cervantes hat nachdrücklich auf die *deutsche Romantik*, auf KLEIST, TIECK, FOUQUÉ und andere eingewirkt. An ihn hat vor allem die Praxis der romantischen Ironie mit ihren satirischen und witzigen Darstellungsformen angeknüpft. E. T. A. HOFFMANN hat in seinem »Berganza« Cervantes' Hundegespräch unmittelbar nachgebildet. Ebenso hat Cervantes' Freude an Verkleidungen und Verwechslungen, am Abenteuerlichen der Zigeuner-, der Türken- und Seeräubersphäre und an den tollen Spitzbubenstreichen der Schelmenzunft, innerhalb derer sich das Leben in eine Bühne verwandelt und die Bühne gemäß barocker Lebensanschauung zum eigentlichen Leben wird, die deutsche Romantik aufs reichste befruchtet. LUDWIG TIECK hat sich für seine Theorie von der plötzlichen Wendung in der Novelle ausdrücklich auf Cervantes berufen (Bd 11, S. LXXXV). Friedrich Schlegel und Schleiermacher haben den Roman des Cervantes als Novellenkette oder Novellenkranz bezeichnet (vgl. »Literary Notebooks«, Notiz 860, und Schleiermacher »Ästhetik«, S. 277). Für die Beziehung der deutschen Romantik zu Cervantes sei in erster Linie auf das wichtige Buch von W. BRÜGGEMANN »Cervantes und die Figur des Don Quijote in Kunstanschauung und Dichtung der deutschen Romantik« (1958) hingewiesen.

Einen wirklichen Höhepunkt erreicht die novellistische Kunst in Deutschland erst bei Goethe. Dennoch bilden sich unabhängig davon, wohl auch aus der Abneigung gegen den barocken Staatsroman mit seiner nicht mehr überschaubaren Fülle von Personen, Ereignissen und Schauplätzen, Erzählformen aus, die bereits in den Umkreis des novellistischen Erzählens gehören. AUGUST GOTTLIEB MEISSNER (1753–1807) schreibt kurze Erzählungen, die freilich eher „Skizzen" sind als ausgeführte Novellen, die aber doch schon die Tendenz zu „Erzählungen von mittlerem Umfange" (so Meissner im Vorbericht zu seinen »Erzählungen und Dialogen«, 1781) erkennen lassen. Sein Ziel, „ein kleines Ganze zu formen", erreicht Meißner freilich nicht immer. Auch noch bei PHILIPP JOSEPH REHFUES (1779–1843), der als später Vermittler zwischen Deutschland und Italien 1806 eine Sammlung von »Novellen, den ältesten Novellisten in Italien nacherzählt« veröffentlicht, kommt es vor allem auf die überraschende Pointe an. Frankreich kennt mehr die kleine satirische Erzählung (VOLTAIRES »Candide«), in Deutschland überwiegt, bei THÜMMEL (1738–1817) und WIELAND (1733–1813) etwa, die komische Erzählung. Wielands Novellenzyklus »Das Hexameron von Rosenhain« (1805), aus drei Märchen und drei Novellen bestehend, scheint noch auf die Goethesche Novellendichtung gewirkt zu haben (vgl. F. Sengle »Wieland«, 1949, S. 536). Rükken die Märchen dieses Zyklus mehr in die Nähe der moralischen Erzählung und der moralischen Allegorie, so steht die »Novelle ohne Titel«, die im Experiment der Form als „tragische Novelle" noch einmal variiert wird, mehr aber noch die Novelle »Freundschaft und Liebe auf der Probe« in unmittelbarer Beziehung zu Goethes »Wahlverwandtschaften«. Dennoch war auch der alternde Wieland durchaus kein Meister in der Kunst des novellistischen Erzählens; seine Novellen gleichen eher kleinen Romanen. Immerhin ist es durchaus möglich, daß sich noch HEINRICH VON KLEIST, der sich Anfang 1803 auf dem Gute Wielands bei Weimar aufhielt, durch den bei Wieland sonst ungewöhnlichen knappen, objektivierenden Stil der »Novelle ohne Titel« (seit 1802 bereits niedergeschrieben) und ihren spanischen Hintergrund anregen ließ. Dann ließe sich hier eine Linie von Cervantes über Goethe und Wieland bis zu Kleist verfolgen.

Literatur:

a) Indien / Persien / Antike:

[FRIEDRICH, H.:] Novelle, in: Der große Brockhaus, Bd 8. [16]1955.

LILIENFEIN, H.: Zur Geschichte u. Theorie von Roman u. Novelle, in: LE 17, 1914/15, Sp. 1041–1046.

PANTSCHATANTRA. Hrsg. v. J. Hertel. 1908; deutsch v. Th. Benfey. 1859; v. R. Schmidt. 1901.

SUKASAPTATI. Das indische Papageienbuch, aus d. Sanskrit übersetzt v. R. Schmidt. 1913.

TAUSENDUNDEINE NACHT, deutsch v. E. Littman. 1921/28; 1953/54; zuletzt 1966.

REINHARDT, K.: Herodots Persergeschichten, in: Geistige Überlieferung. Ein Jb... hrsg. v. E. Grassi, 1940, S. 138–184.

ALY, W.: Volksmärchen, Sage u. Novelle bei Herodot u. seinen Zeitgenossen, Eine Untersuchung über die volkstümlichen Elemente d. altgriech. Prosaerzählung. 1921.

ERDMANNSDÖRFER, B.: Das Zeitalter der Novelle in Hellas. 1870.

ROHDE, E.: Über griechische Novellen-Dichtung u. ihren Zusammenhang mit dem Orient, in: E. R., Der griechische Roman u. seine Vorläufer. [3]1914.

WEINREICH, O.: Fabel, Aretalogie, Novelle, Beiträge zu Phädrus, Petron, Martial u. Apuleius, in: Sitz.-Ber. d. Heidelberger Akad., Phil.-hist. Klasse, 1931.

GRÖBER, G.: Übersicht über die lateinische Literatur, in: Grundriß der Romanischen Philologie II, 1. 1902.

WELTER, J.-TH.: L'exemplum dans la littérature religieuse et didactique du moyen âge. 1927.

b) Italien / Spanien / Frankreich:

LANDAU, M.: Beiträge zur Geschichte der italien. Novelle. 1875.

LOMMATZSCH, E.: Ein italien. Novellenbuch des Quattro cento. 1913.

PUCCINI, M.: Grundlagen der italienischen Novelle, in: Neue Schweizer Rundschau 21, 1928, S. 762–775.

VON RUMOHR, C. F.: Italienische Novellen von historischem Interesse. 1823, S. 3ff. (Sammlung für Kunst und Historie, H. 2).

BOCCACCIO: Decameron. Krit. Ausg. v. F. Massera. 1927; v. V. Branca. 1951; v. A. Ottolini. 1951.

JOLLES, A.: Einleitung zur neuen deutschen Ausgabe des Dekamerons, in: Giovanni di Boccaccio, Das Dekameron. 1921.

LANDAU, M.: Die Quellen des Dekameron. 1869, [2]1884.

NOVELLINO (Le cento novelle antiche): Krit. Ausg. v. Di Francia. 1930.

SEGRE, G., et MARTI, M.: Einleitung zum »Novellino«, in: La prosa del Ducento. 1959.

PONGS, H.: Das Bild in der Dichtung, Bd 2. 1939 (vgl. bes. zu Boccaccios Novellenform S. 110ff. u. zu Cervantes' Novellenform S. 118ff.).

GRABHER, C.: Giovanni Boccaccio. 1941 (dt. 1946).

AUERBACH, E.: Mimesis. Dargestellte Wirklichkeit in der abendländischen Literatur. [6]1977 ([1]1946), S. 195–221.

BANDELLO, M.: Tutte le opere. Krit. Ausg. v. F. Flora. 1934 (mit weiteren Lit.-Angaben in der Einleitung).

JUAN MANUEL: El libro de los exemplos del Conde Lucanor. Krit. Ausg. v. H. Knust. 1900; dt. v. Eichendorff, neu hrsg. v. A. Steiger. 1944 (mit Bibliographie); v. L. Klaiber. 1950 (mit Bibliographie).

CERVANTES, M. DE: Novelas ejemplares. Krit. Ausg. v. R. Schevill y A. Bonilla. 1925; in Auswahl hrsg. v. R. Marin. 1938. – Dt. 1948, 1958, 1963.

Brüggemann, W.: Cervantes u. die Figur des Don Quijote in Kunstanschauung u. Dichtung der deutschen Romantik. 1958. (Spanische Forschungen der Görresgesellschaft. Reihe 2. Bd 7.)

Gesta Romanorum, hrsg. v. H. Oesterley. 1871; dt. v. Th. Grässe. [3]1905.

Cent Nouvelles Nouvelles: Krit. Ausg. v. F. Champion. 1928; dt. v. A. Semerau, mit Nachwort v. P. Amelung, 1965.

Küchler, W.: Die Cent Nouvelles nouvelles. Ein Beitrag zur Geschichte der französ. Novelle, in: Ztschr. f. französ. Sprache u. Lit. 30, 1906, S. 264–331; 31, 1907, S. 31ff.

von Bülow, E.: Das Novellenbuch oder 100 Novellen nach alten italienischen, spanischen. . . Mit e. Vorwort v. L. Tieck, 4 Bde. 1834/36.

Margarete von Navarra: Heptaméron. Krit. Ausg. v. P. Pifteau. 1875; v. F. Frank. 1879; Übertragung v. W. Widmer, mit Nachwort v. P. Amelung, 1960.

Ferrier, J. M.: Forerunners of the French Novel. 1954.

Söderhjelm, W.: La nouvelle française au XVe siècle. 1910.

Saulnier, V.-L.: Boccacce et la nouvelle française, in: Revue de littérature comparée 21. 1947.

Maupassant, G. de: Oeuvres complètes, hrsg. v. R. Dumesnil. [2]1941.

Thoraval, J.: L'art de Maupassant d'après ses variantes. 1950.

Raymond, M.: Anthologie de la nouvelle française. 1951.

Neuschäfer, H.-J.: Boccaccio und der Beginn der Novelle. Strukturen der Kurzerzählung auf der Schwelle zwischen Mittelalter und Neuzeit. 1969.

Brockmeier, P.: Lust und Herrschaft. Studien ü. gesellschaftl. Aspekte der Novellistik. 1972.

zu a) und b) Hermes, E.: Die drei Ringe. Aus der Frühzeit der Novelle, 1964.

c) Deutschland:

Weisser, H.: Die deutsche Novelle im Mittelalter auf dem Untergrunde der geistigen Strömungen. 1926.

Rosenfeld, H. F.: Mittelhochdeutsche Novellenstudien. 1927.

Fischer, H.: Artikel »Novellistik, mittelhochdt«. in: RL Bd 2, [2]1963.

Rasch, W.: Realismus u. Erzählweise deutscher Versnovellen des 13. u. 14. Jahrhunderts, in: Altdeutsches Wort u. Wortkunstwerk, Festschrift für Georg Baeseke, 1941, S. 195–211.

Kultner, G.: Wesen u. Formen der deutschen Schwankliteratur des 16. Jahrhunderts. 1939.

STRASSNER, E.: Schwank (Slg. Metzler 77). ²1978.
FÜRST, R.: Die Vorläufer der modernen Novelle im 18. Jh., 1897.
BORCHMEYER, U.: Die deutschen Prosaerzählungen des 18. Jahrhunderts unter besonderer Berücksichtigung der Zeitschriften ›Der Deutsche Merkur‹ und ›Das Deutsche Museum‹. Diss. Münster 1955.
BEYER, H.: Die moralische Erzählung in Deutschland bis zu Heinrich von Kleist. Diss. Frankfurt a. M. 1941.
HERBST, H. G.: Frühe Formen der deutschen Novelle im 18. Jahrhundert. Princeton Univ. 1979.
Handbuch der deutschen Erzählung, hrsg. von K. K. Polheim, 1981.

2

Geschichte der deutschen Novelle seit Goethe

Literatur:

BASTIER, P.: La nouvelle individualiste en Allemagne de Goethe à Keller, Essai de technique psychologique. 1910.
BENNETT, E. K.: A History of the German Novelle from Goethe to Thomas Mann. 1934; revised and continued by H. M. Waidson. Cambridge 1965.
KLEIN, J.: Geschichte der deutschen Novelle von Goethe bis zur Gegenwart. 1954, ⁴1960.
KUNZ, J.: Geschichte der deutschen Novelle seit d. 18. Jh. in: Dt. Ph. im Aufriß, Bd 2, 1954, Sp. 1739–1840; ²1960, Sp. 1795–1896.
SILZ, W.: Realism and Reality, Studies in the German Novelle of Poetic Realism. 1954 (enthält Interpretationen zu Brentano »Geschichte vom braven Kasperl und dem schönen Annerl«; Arnim »Der tolle Invalide auf dem Fort Ratonneau«; Droste-Hülshoff »Die Judenbuche«; Stifter »Abdias«; Grillparzer »Der arme Spielmann«; Keller »Romeo und Julia auf dem Dorfe«; Meyer »Der Heilige«; Storm »Der Schimmelreiter«; Hauptmann »Bahnwärter Thiel«).
VON WIESE, B.: Die deutsche Novelle von Goethe bis Kafka, Interpretationen, Bd 1. 1956, ⁹1967; Bd 2. 1962, ³1965 (Bd 1 enthält Interpretationen zu Schiller »Der Verbrecher aus verlorener Ehre«; Kleist »Michael Kohlhaas«; Brentano »Geschichte vom braven Kasperl und dem schönen Annerl«; Eichendorff »Aus dem Leben eines Taugenichts«; Chamisso »Peter Schlehmihls wundersame Geschichte«; Tieck »Des Lebens Überfluß«; Grillparzer »Der arme Spielmann«; Droste-Hülshoff »Die Judenbuche«; Gotthelf »Die schwarze Spinne«; Stifter »Brigitta«; Mörike »Mozart auf der Reise nach Prag«; Keller »Kleider machen Leute«; Meyer »Die Versuchung des Pescara«; Hauptmann »Bahnwärter Thiel«; Hofmannsthal »Reitergeschichte«; Mann »Der Tod in Venedig«; Kafka »Ein Hungerkünstler« und Schrifttum zu den interpretierten Novellen;

Bd 2 enthält Interpretationen zu Goethe »Der Mann von funfzig Jahren«; Kleist »Das Erdbeben in Chili«; Arnim »Der tolle Invalide auf dem Fort Ratonneau«; Hoffmann »Rat Krespel«; Büchner »Lenz«; Stifter »Abdias«; Keller »Der Landvogt von Greifensee«; Meyer »Die Hochzeit des Mönchs«; Raabe »Die Innerste«; Storm »Hans und Heinz Kirch«; Fontane »Schach von Wuthenow«; Schnitzler »Die Toten schweigen«; Keyserling »Am Südhang«; Musil »Die Amsel«; Kafka »Die Verwandlung« und Schrifttum zu den interpretierten Novellen).

DERS.: Bild-Symbole in der deutschen Novelle, in: Publications of the English Goethe Society, XXIV, 1955, S. 131–158.

DERS.: Deutschland erzählt. Von Goethe bis Tieck. (Fischer-Bücherei. Bd 738.) 1966.

LOCKEMANN, F.: Gestalt u. Wandlungen der deutschen Novelle, Geschichte einer literarischen Gattung im 19. u. 20. Jh. 1957.

BRUNET, G.: Une contribution à l'histoire de la „Nouvelle" allemande, in: Etudes Germaniques 13, 1958, S. 135–139.

HIMMEL, H.: Geschichte der deutschen Novelle, 1963 (mit vielen ergänzenden Literaturangaben).

POLHEIM, K. K. (Hrsg.): Theorie und Kritik der deutschen Novelle von Wieland bis Musil. (Deutsche Texte 13.) 1970.

SWALES, M.: The German Novelle, 1977.

THIEBERGER, R.: Le genre de la nouvelle dans la littérature allemande. Paris 1970.

a) Goethe

Von einer eigentlichen „Geschichte" der Novelle wird man in Deutschland erst seit Goethe sprechen können. Trotz aller vorausgegangenen Rezeptionen italienischer und französischer Novellistik kommt es im 17. und 18. Jahrhundert noch zu keiner klaren Unterscheidung des Romans von der kleineren moralisch-novellistischen Erzählung. Auch Boccaccio gerät weitgehend in Vergessenheit. Erst mit Goethes »*Unterhaltungen deutscher Ausgewanderten*« (1795) hebt sich das in der Gesellschaft erfolgende und der Gesellschaft dienende Erzählen von Geschichten ebenso kontrastierend von der durch die Französische Revolution ausgelösten Zeitkrise ab wie bei Boccaccio von der Bedrohung durch die Pest. Alle Unterhaltungen „über das Interesse des Tages" sollen verbannt werden. In diesem Sinne verlangt die Gesellschaft von den Erzählenden aus erzieherischen Gründen „Entsagung": „Bietet alle eure Kräfte auf, lehrreich, nützlich und besonders gesellig zu sein." Die Gesellschaft besinnt sich im Erzählen von Geschichten wieder auf sich selbst und ihre eigene Ordnung, die durch das Gewitter der Weltbegebenheiten und durch die politischen Leidenschaften aufs schwerste bedroht wurde. Der Ausdruck „Novelle" wird zwar zu dieser Zeit von Goethe noch nirgends gebraucht, aber der Sache nach greift er das romanische Ideal der Gesellschaftsnovelle wiederum auf und bringt es mit den Forderungen eines ebenso höfischen wie bürgerlichen Rokoko in Einklang. Die von Goethe teilweise nacherzählten anekdotenhaften Berichte des Marschalls von Bassompierre sind dann in der Moderne wiederholt zu eigenen Novellen von besonderem Reiz ausgebaut worden wie in HUGO VON HOFMANNSTHALS »Das Erlebnis des Marschalls von Bassompierre« (1900) und in EMIL STRAUSS' Erzählung »Der Schleier« (1920).

Der erzählte Fall hat bei Goethe einen beispielhaften Charakter. Er deutet, wie später in den eingelegten Novellen von »Wilhelm Meisters Wanderjahre«, auf Konflikte zwischen dem Einzelmenschen und der Gesellschaft hin, die dann doch, und sei es auch in der Form des Kompromisses, ihren Ausgleich und ihre Auflösung erfahren. Goethe wechselt dabei wiederholt den Ton; er läßt halb Komisches, das sich dem Schwankhaften nähert, „sonderbare Albernheiten", erzählen, aber ebenso Anekdoten des Wunderbaren, Gespenstergeschichten, die auch später ein beliebtes Stoffreservoir für die Novelle bleiben. Vom „Dämonischen" kann aber dabei noch keine Rede sein. Goethe bewegt sich hier noch ganz im Umkreis der moralischen Erzählungen des 18. Jahrhunderts. Dieser liegt auf der Ebene einer gehobenen bürgerlichen Gesellschaft; er ist ein Bereich des Interessanten, nicht des Außerordentlichen; er ist durch gesellschaftliche Kultur und Form charakterisiert und durch das Streben nach Gesittung und Bändigung der menschlichen Leidenschaften. „Verwirrung und Mißverständnisse sind die Quelle des tätigen Lebens und der Unterhaltung." In der exemplarischen Auflösung dieser Dissonanzen und Widersprüche liegt das „Moralische", das Erzieherische. Aber dieses Moralische drängt sich dabei keineswegs aufdringlich vor, weil die Begebenheit als solche durch ihre eigene Wahrheit oder auch Neuigkeit den Hörer fesseln soll. Sie steht damit stellvertretend für den mannigfaltigen Spielraum des Empirischen mit seinen vielen Paradoxien; sie braucht darum auch nicht deutend in einen Weltzusammenhang eingeordnet zu werden.

In jedem Falle ist das Wie des Erzählens hier wichtiger als das Was. Zunächst einmal kommt es auf die „geistreiche", die pointierende Wendung an; aber der Erzähler kann darüber hinaus dem Psychologischen einen größeren Raum gewähren, wenn er, wie z. B. in der Geschichte von Ferdinands Diebstahl und seiner inneren Wandlung, zugleich „die menschliche Natur und ihre ... Verborgenheit" uns auf einen Augenblick eröffnet. Dieses gleiche Interesse an der „Seelenkunde", an dem widerspruchsvoll Zusammengesetzten des menschlichen Herzens ist bereits für große Teile der Prosa des 18. Jahrhunderts charakteristisch. Auch SCHILLERS Vorliebe für moralische Seelenstudien mit pointiert anekdotenhaftem Charakter - vgl. seine Erzählung »Der Verbrecher aus verlorener Ehre« (1785) - gehört in diesen Zusammenhang. Goethe geht jedoch noch einen Schritt weiter. Der Erzähler - so wird an einer Stelle gesagt - vermag sich bereits über das gemeine Leben durch Geschichten zu erheben, die „mir nur irgend einen Charakter zu haben schienen, die meinen Verstand, die mein Gemüt berührten und beschäftigten und die mir, wenn ich wieder daran dachte, einen Augenblick reiner und ruhiger Heiterkeit gewährten". Das Erzählen zeigt damit bereits jene innere, kultivierte Freiheit, die eine Distanz zum Erzählten gewonnen hat und zugleich Maßstäbe setzt für die Gesellschaft, innerhalb derer erzählt wird.

Später nähert Goethe diese Thematik in wachsendem Maße dem Tragischen an, wenn dem in der Novelle selbst auch kein eigentlicher Raum gegeben wird. Die beispielhafte „moralische" Erzählung wird dabei zum „sonderbaren Ereignis" mit seinen gefährlichen Widersprüchen. In dem Roman »Die Wahlverwandtschaften«, der selber zunächst als Novelle für die »Wanderjahre« geplant war, aber dann zu einer selbständigen tragischen Dichtung wurde, erzählt der Begleiter des Lords die eingelegte Novelle von den »*Wunderlichen Nachbarskindern*«. Eben diese ist aber nicht etwa eine hier nur zufällig eingeflochtene Erzählung, sondern sie schafft den humanen und versöhnenden Kontrast zur „dämonischen" Welt des Romans. Ausdrücklich wird bei dieser Gelegenheit hervorgehoben, daß diesen Erzähler nichts mehr interessierte „als die sonderbaren Ereignisse, welche durch natürliche und künstliche Verhältnisse, durch den Konflikt des Gesetzlichen und des Ungebändigten, des Verstandes und der Vernunft, der Leidenschaft und des Vorurteils hervorgebracht werden".

Die in »Wilhelm Meisters Wanderjahre« eingelegten Novellen (*»Sankt Joseph der Zweite«, »Die pilgernde Törin«, »Wer ist der Verräter?«, »Das nußbraune Mädchen«, »Der Mann von funfzig Jahren«, »Die gefährliche Wette«*) beleuchten dann das Romanthema vom Aufbau der großen Gemeinschaften und der durch sie verwirklichten Ordnungen gleichsam indirekt, indem sie krisenhafte Begebenheiten aus dem Leben des Einzelmenschen herausgreifen, zugespitzte Einzelfälle, welche die Ordnung der Gesellschaft gefährden und gerade darum mit ihr wieder versöhnt werden müssen. Meist erfolgen solche Beunruhigungen, Entzweiungen und Verwirrungen durch den Eros, am deutlichsten in der am weitesten ausgebauten Novelle »Der Mann von funfzig Jahren«. Solche Motivik geht auf die älteste Novellentradition zurück. Aber Goethe verzichtet dabei im Unterschied zu Boccaccio auf das Schwankhafte und gestaltet das Erotische mehr als geheimnisvolle Naturgewalt, zu der die Ironie des Erzählers dann doch wieder eine schützende Distanz schafft, um nicht tragisch von der Macht dieses Eros überwältigt zu werden.

Goethes Altersdichtung »*Novelle*« (1827) – schon der Titel ist paradigmatisch gemeint – hält an diesem Widerspruch von kultivierter Gesittung und Form auf der einen und Einbruch des Elementaren auf der anderen Seite im großen und ganzen noch fest, geht aber dort über sie hinaus, wo sie sich der Legende nähert und dem Märchen verwandte Motive aufnimmt. Das Motiv vom Widerspruch zwischen Gesetzlichem und Ungebändigtem wird dann bis zum Symbolischen gesteigert, obgleich Goethe in seinen theoretischen Äußerungen nirgends auf diesen Zusammenhang von 'Symbol' und 'Novelle' eingegangen ist. Es gibt aber Äußerungen, die etwas Ähnliches meinen. In der »Novelle«, so heißt es einmal, wächst aus dem „grünen Blätterwerk der durchaus realen Exposition" das Ideale, „das aus dem Herzen des Dichters hervorging" (Gespräch mit Eckermann am 18. Januar 1827). Solche Verknüpfung von innerem Vorgang und äußerem Geschehen kennzeichnet wiederholt den Stil der Novelle. Wechselseitige Spiegelungen innerer und äußerer Vorgänge und ihre gegenseitigen symbolischen Erhellungen dienen in Goethes »Novelle« einem Gestaltungswillen, für den jede einzelne Erscheinung dieser *einen* sinnbildhaften Begebenheit zugleich Glied eines ideellen Ganzen ist, das uns mit der Kraft seiner inneren Wahrheit zu ergreifen vermag. Am Ende der kleinen Dichtung steht dafür ein stellvertretendes allegorisch-symbolisches Bild: Ein Kind überwindet im orphischen Gesang nicht etwa mit Gewalt, sondern gleichsam spielend durch Liebe und Frömmigkeit den ungebändigten und scheinbar unüberwindlichen Löwen. Das bezieht sich ebenso wie die morgenländisch anmutende Familie noch gleichnishaft auf die mythischen Anfänge der Menschheit. Sie bleiben das Überdauernde inmitten einer kultivierten, aber gerade in dieser Kultiviertheit einer Spätzeit immer wieder vom dämonisch Elementaren und Gesetzlosen bedrohten gesellschaftlichen Welt.

Die »Novelle« des Goetheschen Alters steht bereits an der Wende der Zeit. Noch einmal wird die Gesellschaft zum Ausgangspunkt des Erzählens. Aber wenn auch das Erzählte im Diesseitigen bleibt und das Irdische nirgends überschritten wird, so steigert sich dieses doch in der symbolisch verdichtenden Darstellungsform bereits zu jenem legendären Bild von der Welt, das in einem doppelten Überwinden gipfelt: in dem Überwinden des Löwen durch das Kind und in dem Überwinden einer nur ganz leise angedeuteten, aufbrechenden Leidenschaft des Jünglings Honorio zu der Fürstin. Dem Menschen aber wird damit seine höchste Aufgabe in dieser Welt gestellt, nämlich die, einen von Gott durchwalteten Kosmos immer wieder in seine besondere Pflege und Hegung zu nehmen. Damit nähert sich der alte Goethe der romantischen Dichtung, die sich freilich dann von der europäischen Tradition der Novelle und von der Novelle als gesellschaftlicher Gattung und damit auch von Goethe immer weiter entfernen sollte.

Literatur:

Schrifttum zu Goethes »Unterhaltungen deutscher Ausgewanderten«, »Die Wahlverwandtschaften«, »Wilhelm Meisters Wanderjahre« und »Novelle«: vgl. die Kommentare von E. TRUNZ und B. v. WIESE in Bd 6 u. Bd 8 der Hamburger Goethe-Ausgabe, jetzt bei C. H. Beck, München.

VON ARX, B.: Novellistisches Dasein, Spielraum einer Gattung in der Goethezeit. 1953.

ARNOLD, P. J.: Goethes Novellenbegriff, in: LE 14, 1912, Sp. 1251 ff.

MITCHEL, R. M.: Goethe's Theory of the Novelle, in: PMLA 30, 1915, S. 215–236.

JESSEN, M. R.: Spannungsgefüge u. Stilisierung in den Goetheschen Novellen, in: PMLA 55, 1940, S. 445–471.

ERNST, P.: Nachwort zu Goethes Novellen und Märchen, in: P. E., Tagebuch eines Dichters. 1934 ([1]1913), S. 78–85.

STÖCKLEIN, P.: Nachwort zu Goethes Novellen und Märchen. 1949.

VON MONROY, E. F.: Zur Form der Novellen in »Wilhelm Meisters Wanderjahre«, in: GRM 31, 1943, H. 1, S. 1–19.

VON GROLMAN, A.: Goethes »Novelle«, in: GRM 9, 1921, S. 181–187.

MEYER, H.: Natürlicher Enthusiasmus. Das Morgenländische in Goethes Novelle, 1963.

KUNZ, J.: Die deutsche Novelle zwischen Klassik und Romantik, 1966, S. 14–54.

Wichtige *Interpretationen:* Goethes »Novelle« interpretierte E. Staiger, in: Meisterwerke dt. Sprache im 19. Jahrhundert, 1948; jetzt: dtv 4141; – »Der Mann von funfzig Jahren« interpretierte B. v. Wiese, in: Die dt. Novelle von Goethe bis Kafka, Bd 2, 1962, S. 26–52; zuletzt 1965 [mit weiteren Literaturangaben].

b) Die Novelle der deutschen Romantik

Bis heute ist umstritten, was die deutsche Romantik für die Gattung Novelle in Deutschland geleistet hat. Die Romantik neigte zur bewußt proklamierten Mischung der Formen, und das bedeutete auch für die Novelle ein Einströmen lyrischer und märchenhafter Elemente. Wurde damit die „geschlossene“ Form der Novelle nicht geradezu aufgelöst? Pongs hat sogar von einer „offenen“, damit aber auch sehr viel problematischeren Form gesprochen. Auch vom Gehalt her schien das berechtigt, weil die romantischen Dichter offensichtlich weit stärker den Einbruch übergesellschaftlicher, ja dämonischer Mächte in das novellistische Ereignis miteinbezogen, als das bisher geschehen war. Je mehr die Novelle sich zu der relativen Großform der Problem- und Schicksalsnovelle des 19. Jahrhunderts erweiterte, je mehr sie durch den Einbezug von Legenden und

Märchen geheimnisvolle, die Form sprengende Perspektiven schaffte, je mehr das numinose Es der Mächte an entscheidenden Brennpunkten zum Durchbruch gelangte, desto mehr schien es auch berechtigt, die Novelle stärker vom Gehalt als von der Form her auszulegen und für sie eine innere Unendlichkeit der Darstellung in Anspruch zu nehmen, im Gegensatz zu jenem vorwiegend durch den pointierenden Darstellungsstil wirkenden Bericht einer die Gesellschaft interessierenden „Neuigkeit". Von der Novelle als einer Kunst der gesellschaftlichen Unterhaltung und des geistreichen Spiels mit der Form blieb dabei allerdings nicht mehr viel übrig.

Dennoch ist die Novelle für die Frühromantiker keineswegs eine Gattung gewesen, die es besonders mit dem Phantastischen zu tun hat. Durchaus im Gegensatz zur angelsächsischen Entwicklung suchten Kritiker wie FRIEDRICH SCHLEIERMACHER und AUGUST WILHELM SCHLEGEL die „reine Bewegung der Phantasie" für den Roman zu reservieren – dabei mochten sie an LAURENCE STERNE, aber sicher mehr noch an JEAN PAUL denken. Die Novelle hat dagegen die bürgerliche Welt darzustellen, „Erfahrungen über den Weltlauf" mitzuteilen und etwas als wirklich geschehen zu erzählen. Wiederum liegt das Formproblem der Novelle in dem doppelten, besonders von FRIEDRICH SCHLEGEL herausgearbeiteten Aspekt, daß sie auf der einen Seite die poetisch objektive Wahrheit einer Begebenheit gestaltet, auf der anderen jedoch nach artistisch-subjektiver Ausformung verlangt. Auch bei LUDWIG TIECK, dem quantitativ produktivsten Novellendichter vor Paul Heyse, bot die Novelle die Möglichkeit des Kompromisses zwischen dem Komischen und dem Tragischen, dem Lachen und der Wehmut, dem Dämonischen und der Gesellschaft. Novellistisches Erzählen schafft Ausgleich, Versöhnung, Auflösung der Widersprüche des Lebens. Denn nach Tiecks Meinung vermag allein die Novelle „über das gesetzliche Maas hinweg zu schreiten, und Seltsamkeiten unpartheiisch und ohne Bitterkeit darzustellen, die nicht mit dem moralischen Sinn, mit Convenienz oder Sitte unmittelbar in Harmonie stehn" (Schriften, Bd 11, S. XC). In seiner frühen Sammlung »Phantasus« (1812/16) greift Tieck sogar auf die zyklische Rahmenform zurück, wenn er sie auch nur sehr lose im Sinne einer romantischen Geselligkeit verwendet. Vielleicht aber noch wichtiger sind Tiecks Altersnovellen aus seiner nachromantischen Zeit. »Der Hexen-Sabbath« (1832) und »Des Lebens Überfluss« (1839) seien hier als die künstlerisch wohl bedeutendsten genannt. Sie projizieren die romantische Märchenwelt seiner Jugend in eine bereits von modernen Spannungen und Widersprüchen erfüllte Gesellschaft. Jedoch nähert sich Tieck dabei schon häufig, wie in der meisterhaften, bisher viel zu wenig gewürdigten Erzählung »Der junge Tischlermeister« (1836), aber auch in »Hexen-Sabbath« einer Gestaltungsform, die Novelle und Roman miteinander vermischt.

Wohl gewinnt das freie Spiel der Phantasie im romantischen Erzählen eine größere Bedeutung, aber gerade innerhalb des Novellistischen geschieht das in einer merkwürdigen, zuweilen sogar paradoxen Verschmelzung des Phantastischen mit dem Realen. Eben dadurch konnte die Novelle zu einer Brücke zwischen zwei so entgegengesetzten Zeitstilen wie Romantik und Realismus werden. Was von der einen Seite aus als alltäglich erschien, durfte von einer anderen Seite her gesehen durchaus wunderbar sein und so auch umgekehrt. Das Wunderbare strömt nunmehr mit den Motiven des Märchens, des Traumhaften und des Symbolischen in die reale Welt der Gesellschaft selbst ein. Dafür lassen sich viele Beispiele nennen: Kleist, vor allem mit den Schlußpartien von »Michael Kohlhaas« (1810), der frühe Tieck mit den psychologisierenden Märchennovellen »Der blonde Eckbert« (1796) und »Der Runenberg« (1802), Brentano mit der »Geschichte vom braven Kasperl und dem schönen Annerl« (1817), Arnim mit »Der tolle Invalide auf dem Fort Ratonneau« (1818), Chamisso mit »Peter Schlemihl« (1814), Fouqué mit dem Novellenmärchen »Undine« (1811), Eichendorff mit der Erzählung »Das Marmorbild« (1819). Der bedeutendste Dichter dieser Gattung ist jedoch Ernst Theodor Amadeus Hoffmann gewesen, der überdies zugleich der erste Meister der Kurzgeschichte in Deutschland war und ebenso, vor allem mit seiner Novelle »Das Fräulein von Scuderi« (1818/19), der erste Meister, der die Detektivgeschichte zum Rang hoher novellistischer Kunst zu erheben vermochte. Ihm sind darin Annette von Droste-Hülshoff mit der »Judenbuche« (1842) und später noch Fontane mit

»Unterm Birnbaum« (1885) gefolgt. Wie sehr sich Märchenhaftes der Realität angleichen kann, verrät besonders EICHENDORFFS Erzählung »Aus dem Leben eines Taugenichts« (1826), in der das Poetische geradezu mit dem Wirklichen identisch geworden ist oder zum mindesten im Humor immer wieder mit ihm ausgesöhnt werden kann. Nirgendwo stört hier das Bewußtsein einer sozial bedrängenden und mit ihrem Zwang determinierenden Welt die Freiheit eines freilich dem Romanhaften sich nähernden Stiles, der uns ohne Gewalt und wie von selbst dazu bringt, die Wirklichkeit märchenhaft, in diesem Falle einer Icherzählung also sie mit den Augen des Taugenichts zu sehen und zu erleben. Allerdings ist die Konzentration auf das *eine* novellistische Ereignis dabei weitgehend aufgegeben worden zugunsten jener in Stimmung verwandelten Bilderfolge, die sich durch das Ganze der Erzählung hindurchzieht. Umgekehrt wiederum hat CHAMISSOS sehr viel märchenhaftere Erzählung von dem Verlust des menschlichen Schatten ein durchaus unmärchenhaftes Thema. Denn die Einsamkeit des Schattenlosen meint gerade den Verlust des sozialen Ich, das seiner jeweiligen Quer- und Rückverbindungen beraubt ist, in denen der Einzelmensch sonst zu anderen Menschen und zur Gesellschaft steht. So wird der Schatten zu einem märchenhaften Symbol für eine sehr wirkliche Sache, nämlich für die bürgerliche Solidität und menschliche Zusammengehörigkeit, für das Verbindende, Zwischenmenschliche und Umgreifende im menschlichen Dasein. Es ist sicher auch romanischer Einfluß gewesen, wenn Chamisso, der zu zwei Vaterländern und lange Zeit zu keinem richtig gehörte, das Motiv der Gesellschaft so sehr in den Vordergrund geschoben hat. Damit nimmt er bereits 1813 die sozialen Probleme und die Probleme der Verbürgerlichung vorweg; aber es ist paradoxerweise die romantische Form der „phantastischen Novelle“ (Thomas Mann) oder die der Märchennovelle gewesen, in der das neue bürgerliche Bewußtsein des Realismus nunmehr bereits zum Durchbruch gelangt.

CLEMENS BRENTANOS »Geschichte vom braven Kasperl und dem schönen Annerl« (1817) ist zwar mit ihrer Atmosphäre eines spukhaften Nachtbildes und ihrer Verwendung von wunderbaren Zeichen als Träger eines Verhängnisses durchaus

„romantisch", aber doch wiederum sehr nachdrücklich im wirklichen bäuerlichen Milieu verankert, so daß das Poetische hier, wie es auch spätromantischer Weltanschauung gemäß ist, zu einem Element des Lebens selbst werden konnte. Die Naivität der Gestalten, die aus einfachen Bereichen des Lebens stammen, die volkstümliche Ebene ihres Sprechens, die zupackende unreflektierte Frische des Erzählens, das alles sind Darstellungsmittel, die besonders den spätromantischen Stil Brentanos und Arnims charakterisieren. Aber dennoch ist das Unreflektierte und Naive auch wieder das Ergebnis einer bewußt stilisierenden und in ihrer Weise sogar reflektierenden Kunst. Durchaus novellistisch ist z.B. in der Brentanoschen Erzählung die kunstvolle Verflechtung von drei verschiedenen Begebenheiten zu einer kompositionellen Einheit, ferner der Kontrast von Rahmenerzählung und Ereignis und der von subjektivem Erzählen und objektivem Vorgang. Aber auch ACHIM VON ARNIMS Darstellungsweise, die sich meist von einer Begebenheit soweit fortgerissen fühlt, daß der Dichter dann Gottes Barmherzigkeit anrufen möchte, damit der ihm heraushelfe (vgl. Arnims Brief an Wilhelm Grimm vom Dezember 1819), liebt den Umschlag vom Alltäglichen ins Wunderbare und umgekehrt. Damit steht auch Arnim, zumindest als Novellendichter, zwischen Romantik und Realismus. TIECK spricht einmal von einer „Art, das gewöhnlichste Leben wie ein Mährchen anzusehn" und meint ergänzend dazu: „eben so kann man sich mit dem Wundervollsten, als wäre es das Alltäglichste, vertraut machen" (Schriften, Bd 4, S. 129). ARNIMS Erzählung »Der tolle Invalide auf dem Fort Ratonneau« könnte geradezu als Beispiel für diese Auffassung Tiecks gelten, und dieses kleine, aus dem Anekdotischen herausgewachsene, teils ans Humoristische, teils ans Legendäre grenzende Meisterstück deutscher Prosa behandelt ganz im Sinne Tiecks einen „isolirten Vorfall, der keine Folgen hat" (Schriften, Bd 21, S. 48). Eben dadurch und nicht nur dadurch allein ist es eine Novelle.

Ein Vorurteil mag schuld sein, daß man das Märchenhafte innerhalb einer Novelle nicht gelten lassen will. Dennoch gehört eben dies zum ältesten Bestand des Erzählens, zu den „einfachen Formen", wie sie ANDRÉ JOLLES beschrieben hat, und auch das novellistische Erzählen ist nicht nur das Produkt einer differenzierten Spätzeit, sondern ebenso bereits ein erprobter Bestandteil frühester Erzähltraditionen. Es ist sicher das Verdienst der deutschen Romantik gewesen, daß sie diesen ursprünglichen Elementen des Erzählens inmitten einer bereits reflektierten und ironischen Bildungswelt erneuten Spielraum gegeben hat. Ein solcher Vorgang ist keineswegs bloß auf die Romantik beschränkt. LEO SPITZER hat gezeigt, daß es eine Beziehung zwischen Novelle und Märchen bereits bei MARIE DE FRANCE im Mittelalter gegeben hat (sie verfaßte vor 1167 nach bretonischen Sagenstoffen höfische, seelisch verinnerlichte Versnovellen, ‚Lais'), daß schon hier das Dingliche als Symbol höherer seelischer Realität dargestellt wurde, und sogar den Heyseschen „Falken" glaubte er bereits dort nachweisen zu können. Jedenfalls gehört die Verschmelzung von märchenhaftem und novellistischem Erzählen zu einer langen, keineswegs nur auf Deutschland beschränkten Erzähltradition, und den Dichtern ist es dabei völlig gleichgültig, ob die Theoretiker eine solche Symbiose gelten lassen oder verdammen.

Die überragendste Erscheinung im Umkreis der romantischen Novelle ist zweifellos HEINRICH VON KLEIST. Die Novelle als gesellige Unterhaltungsform wird hier radikal aufgesprengt durch eine ebenso realistische wie symbolische Gestaltung, die die Spannung von Ich und Schicksal an einer meist tragischen Begebenheit sichtbar macht. „Charakternovelle" oder „Ideennovelle" sollte man Kleists Erzählungen lieber nicht nennen. Wohl bleibt Cervantes und nicht etwa Boccaccio der Ahnherr solcher Darstellungsweise. Zwischen Kleists Novelle »Die Marquise von O...« und der von Cervantes »Die Macht des Blutes« bestehen schon vom Thema her unmittelbare Zusammenhänge. Kleists Novellen haben durchaus eine geschlossene und nicht etwa eine offene Form, weil er nur so am herausgehobenen Einzelfall durch strenge künstlerische Architektonik das Undurchdringliche *aller* Wirklichkeit sichtbar machen kann. Jede reflektierende Einmischung des Erzählers wird trotz seiner leidenschaftlichen Beteiligung am Erzählten vermieden. Selbst der versteckten Deutung geht Kleist fast immer noch aus dem Wege. Eben darum ist er ein so großer Novellist, weil er Begebenheiten und nichts anderes erzählt, wenn auch Begebenheiten von tragischem und schicksalhaftem

Ausmaß, so schon in seiner Frühzeit in den Novellen »Das Erdbeben in Chili« (1807) und »Die Verlobung in St. Domingo« (erschienen erst 1811), aber auch später, sei es mehr geschichtlich in »Michael Kohlhaas« (1810) oder mehr sagenhaft in »Der Zweikampf« (1811). Sogar dann, wenn Kleist, wie in »Michael Kohlhaas«, ein ganzes Ereignisgeflecht vor uns ausbreitet, gestaltet er in echt novellistischem Zugriff die *eine* Begebenheit, in der es um Gerechtigkeit geht und die dann dingsymbolisch jeweils in den Rappen des Kohlhaas und ihrer entscheidenden stellvertretenden Funktion an den verschiedenen Stellen der Erzählung bildhaft verdichtet wird. Auch wo Kleist übersinnliche Vorgänge in sein Erzählen noch mit hineinnimmt, geschieht es im Sinne eines 'magischen Realismus', der sogar das Übersinnliche ganz konkret im Sinnlichen sichtbar zu machen weiß, wenn es auch nicht mehr kausal zu begründen ist. Welche entscheidende Rolle in dieser Novellistik dabei der „Zufall" spielen kann, ist in letzter Zeit u.a. in dem klugen Aufsatz von H.-P. HERRMANN nachgewiesen worden.

Kleist scheint als Erzähler ganz im Banne des von ihm Erzählten zu stehen. In einer nahezu pausenlosen dynamischen Folge sieht sich der Mensch in verhängnisvolle Wirkungsreihen, in das Spiel der Zufälle oder in das Walten des Schicksals verstrickt. Beides, Zufall und Schicksal, läßt sich nicht mehr voneinander trennen. Aber der Erzähler behält dennoch seine geheime, wenn auch nirgends direkt mitgeteilte Übersicht über das Geschehen. Seine Erzählkompositionen sind kunstvoll und bis ins Einzelne gegliedert. Es sieht nur so aus, als ob sie wie ein irrationales und undurchschaubares Gebilde der Wirklichkeit ganz unmittelbar vor uns entstünden, während in Wahrheit die stilisierende Kunst des novellistischen Dichters ihnen das Gesetz ihres Aufbaus erst vorschreibt.

Am Ausgang der Romantik geht dann E. T. A. HOFFMANN mit dieser Wirklichkeit sehr viel ironischer und sehr viel subjektiver um. Dem ersten Anschein nach scheint er zumeist locker plaudernd und nahezu unverbindlich zu erzählen. Aber oft, wie in Hoffmanns Meisternovellen »Das Majorat« (1816/17), »Das Fräulein von Scuderi« (1818/19) und »Rat Krespel« (1815/16), verbirgt sich dahinter eine straffe und durchaus gegliederte Erzählstruktur. Die Stärke Hoffmanns liegt nicht nur in der Beschreibung extravaganter Zusammenstöße von Phantasie und Wirklichkeit, in seiner bis zum Makabren gehenden Neigung, das Absurde des Lebens, die „Faxen des Seins", die Widersprüche des sowohl subjektiven wie objektiven Daseins zur Darstellung zu bringen, sondern vielleicht mehr noch in seiner auf Verheimlichen, Verhüllen und Verrätseln bedachten Erzähltechnik, zu der dann auch umgekehrt das Aufdecken, Enthüllen und Enträtseln in reziproker Weise mitgehört. Manchmal freilich kann das enthüllte „Rätsel", so in »Rat Krespel«, der Erzählung von der unglücklichen Sängerin Antonie, wie bei Kleist in ein noch größeres Mysterium hineinführen. Eine ganze Reihe von Erzählungen hat Hoffmann durch einen Rahmen zusammengehalten und sie dann »Die Serapionsbrüder« genannt. Gelegentlich wird dabei auch für die einzelne Erzählung noch ein besonderer Rahmen verwandt. Der Gesamtrahmen dieser trinkfesten, dem Phantastischen zugeneigten Freundschaftsrunde hat hier, wie in ältester Überlieferung novellistischen Erzählens, eine die Zeit überwindende Funktion. Denn die Erzählungen helfen einigen Freunden, die sich fremd geworden sind und sich lange Zeit nicht gesehen haben, über den zunächst peinlichen Termin des Sich-Wiedersehens hinweg. In Serapion, der ein Wahnsinniger, aber trotzdem oder sogar eben darum zugleich ein Dichter war, findet die Freundschaftsrunde ihren Schutzheiligen, und das „serapiontische Prinzip", das sie miteinander verbindet, ist als geselliges, literarisch-ästhetisches, unbürgerliches, vor allem aber als uneingeschränktes Prinzip absoluter poetischer Freiheit gemeint. Damit steht es im Widerspruch zu dem durchaus Eingeschachteten und Eingeschränkten unserer sonstigen menschlichen Existenz. Dieser bis ins Groteske hineinreichende, unversöhnliche Kontrast der beiden Sphären ist häufig noch das Thema der vielen mysteriös spukhaften, novellistischen Begebenheiten, die hier erzählt werden.

Nicht nur die Detektiv-, auch die Spukgeschichte bleibt ein unerschöpfliches Stoffreservoir für die Novelle. Es fehlt hier noch durchaus an Forschungen zur Trivialliteratur, aber zugleich an solchen zur Novellistik des zwischen Romantik und Realismus vermittelnden Biedermeier. In letzter Zeit hat man auf den biedermeierlichen Typus der „Diskussionsnovelle"

(Tieck) hingewiesen (Himmel, S. 135ff.), ein Vorspiel zur 'eigentlichen' Biedermeiernovelle. Für diese sei neben WILHELM HAUFF »Die Bettlerin vom Pont des Arts« (1826) besonders KARL IMMERMANN genannt mit den in sein »Reisejournal« (1833) eingelegten Novellen, vor allem aber mit der sehr kunstvoll konstruierten Erzählung »Der Carnaval und die Somnambüle« (1830), die eine bürgerliche Familiengeschichte mit dem nur scheinbar Wunderbaren und der Kriminalerzählung kombiniert hat, darüber hinaus aber zugleich den novellistischen Stil durch den Einbau der zeitkritischen Analyse ins Romanhafte ausweitete. Auch die Erzählweise des „Jungen Deutschland" in Roman, Erzählung und Novelle (GUTZKOW, LAUBE, BÖRNE, HEINE) bedürfte dringend einer genaueren Erhellung. HEINES »Florentinische Nächte« (1836) stehen zwar noch unter der Nachwirkung romantischer Nachtstücke, zeigen aber bereits ein hohes Maß an Stilisierung, an psychologischem Interesse und an realistischem Detail und damit die Merkmale eines neuen Stils. Von GUTZKOW nennen wir »Der Sadduzäer von Amsterdam« (1834) als Beispiel, das den Kampf der Jungdeutschen gegen die Orthodoxie auf die Geschichte überträgt, von BÖRNE als Typus der witzig plaudernden Gesellschaftsnovelle »Die Schwefelbäder bei Montmorency« (1823), von LAUBE die Heines »Reisebilder« (1826–1831) nachahmenden »Reisenovellen« (1834–1837). Bei Heine, aber auch bei STIFTER und GRILLPARZER zeichnen sich bereits die Übergänge von der Prosa des Biedermeier zu der des bürgerlichen Realismus ab. Die komplizierte, bisher kaum erforschte Situation der deutschen Novelle in der Biedermeierzeit ist nunmehr durch die gründlichen Arbeiten von R. SCHRÖDER und F. SENGLE eingehend dargestellt worden.

Literatur zur Novelle der deutschen Romantik

VON ARX, B.: Novellistisches Dasein, Spielraum einer Gattung in der Goethezeit. 1953.

EWALD, K.: Die deutsche Novelle des 19. Jhs. Diss. Rostock 1907.

BÖGER, A.: Die Anschauungen der deutschen Frühromantik über das Wesen der poetischen Gattungen. Diss. Greifswald 1922.

DIPPEL, G.: Das Novellenmärchen der Romantik im Verhältnis zum Volksmärchen, Versuch einer Analyse der Strukturunterschiede. Diss. Frankfurt a. M. 1953.

Thalmann, M.: Das Märchen und die Moderne, Zum Begriff der Surrealität im Märchen der Romantik, 1961.
Bausch, W.: Theorien des epischen Erzählens in der Frühromantik, 1964. (Bonner Arbeiten zur deutschen Literatur. Bd 8.)
Kunz, J.: Die deutsche Novelle zwischen Klassik und Romantik, ²1971. (behandelt außer Goethe und Wieland die Novellenkunst der Romantik und die Novellen Heinrich von Kleists.)
Schönhaar, R.: Novelle und Kriminalschema. Ein Strukturmodell dt. Erzählkunst um 1800, 1969.

zu Heinrich von Kleist:

Davidts, H.: Die novellistische Kunst Kleists. 1913.
Pongs, H.: Das Bild in der Dichtung, Bd 2, 1939, S. 150–166, 184–202, 290–295.
Unger, H.: Der Aufbaustil in den Novellen H. v. Kleists, Diss. Jena 1940.
Kommerell, M.: Die Sprache und das Unaussprechliche, in: M. K., Geist u. Buchstabe der Dichtung, ⁵1962 (¹1940), S. 243–317.
von Hippel, E.: Die Zeitgestaltung in den Novellen H. v. Kleists. Diss. Bonn 1948.
Conrady, K. O.: Die Erzählweise H. v. Kleists, Untersuchungen und Interpretationen. Diss. Münster 1953.
Ders.: Das Moralische in Kleists Erzählungen. Ein Kapitel vom Dichter ohne Gesellschaft, in.: Literatur u. Gesellschaft, Festgabe für Benno von Wiese, 1963, S. 56–82.
Kayser, W.: Kleist als Erzähler, in: W. K., Die Vortragsreise, 1958, S. 169–183; auch in: Germ. Life and Letters, N. S. 8, 1954/55, S. 19–29.
Mann, Th.: Kleist und seine Erzählungen, in: Th. M., Nachlese, 1956, S. 9–28.
Blöcker, G.: Heinrich von Kleist oder das absolute Ich. 1960.
Herrmann, H.-P.: Zufall und Ich, Zum Begriff der Situation in den Novellen H. v. Kleists, in: GRM NF XI, 1961, H. 1, S. 69–99.
Koopmann, H.: Das »Rätselhafte Faktum« und seine Vorgeschichte. Zum analytischen Charakter der Novellen Heinrich von Kleists, in: ZfdPh. 84, 1965, Heft 4, S. 508–550.
Müller-Seidel, W.: Versehen und Erkennen. Eine Studie über H. v. Kleist. 1961. ²1967.
Heber, F.: »Michael Kohlhaas«, Versuch einer neuen Textinterpretation, in: Wirk. Wort 1, 1950/51, S. 98–102.
Fricke, G.: »Michael Kohlhaas«, in: Der Deutschunterricht 5, 1953, H. 1, S. 17–39.
Passage, Ch. E.: »Michael Kohlhaas«, Form Analysis, in: Germ. Rev. 30, 1955, S. 181–197.

MÜLLER, R. M.: Kleists »Michael Kolhaas«, in: DVjs. 44, 1970, S. 101 bis 119.
LUCAS, R. S.: Studies in Kleist. I. Problems in »Michael Kolhaas«. II. »Das Erdbeben in Chile«, in: DVjs. 44, 1970, S. 120–170.
MÜLLER-SEIDEL, W.: Die Struktur des Widerspruchs in Kleist's »Marquise von O...«, in: DVjs. 28, 1954, S. 497–515.
CONRADY, K.O.: Kleists »Erdbeben in Chili«, in: GRM N. F. 4, 1954, H. 3, S. 185–195.
KLEIN, J.: Kleists »Erdbeben in Chili«, in: Der Deutschunterricht 8, 1956, H. 3, S. 5–11.
VON WIESE, B.: Heinrich von Kleist: »Das Erdbeben in Chili«, in: Jb. d. dt. Schillerges. 5, 1961, S. 102–117.
KUNZ, J.: Kleists »Die Verlobung in St. Domingo«, in: Mitt. Univ.-Bund Marburg 1960, H. 1, S. 18–26.
DERS.: Gedanken über den epischen Stil Heinrich von Kleists, in: Mitt. Univ.-Bund Marburg 1960, H. 1, S. 26–36.
DERS.: H. v. Kleists Novelle »Der Findling«, in: Festschrift für Ludwig Wolff, 1962, S. 337–355.
DERS.: Die Gestaltung des tragischen Geschehens in Kleists »Erdbeben in Chili«, in: Gratulatio, Festschrift für Christian Wegner, 1963, S. 145–170.
WITTKOWSKI, W.: Skepsis, Noblesse, Ironie. Formen des Als-ob in Kleists »Erdbeben«, in: Euphorion 63, 1969, H. 3, S. 247–283.
STAIGER, E.: »Das Bettelweib von Locarno«, Zum Problem des dramatischen Stils, in: E. St., Meisterwerke der dt. Sprache im 19. Jh., 1948, S. 100–118; jetzt: dtv 4141.
MEYER, H.: H. v. Kleist: »Der Zweikampf«, in: Kleist-Jb. 1937, S. 136–169.
HOFFMEISTER, W.: Die Doppeldeutigkeit der Erzählweise in H. v. Kleists »Die heilige Cäcilie oder die Gewalt der Musik«, in: Festschrift für Werner Neuse, 1967. S. 44–56.
Kleist und die Gesellschaft. Eine Diskussion, mit Beiträgen v. E. CATHOLY, K. O. CONRADY, H. IDE, W. MÜLLER-SEIDEL, 1965.
MÜLLER-SEIDEL, W. (Hrsg.): Heinrich von Kleist. Aufsätze und Essays. (Wege der Forschung. CXLVII.) 1967.
SAMUEL, R.: Heinrich von Kleists Novellen, in: Deutsche Weltliteratur von Goethe bis Ingeborg Bachmann. Festgabe für J. Alan Pfeffer, hrsg. v. K. W. Jonas, 1972, S. 73–88.
WITTKOWSKI, W.: Die heilige Cäcilie und der Zweikampf, Kleists Legenden und die romantische Ironie, in: Colloguia Germanica, 1972, I, S. 17–58.
MÜLLER-SALGET, K. M.: Das Prinzip der Doppeldeutigkeit in Kleists Erzählungen, in: ZfdPh 92 (1973), S. 185–211.

Moore, E.: H. v. K.'s Findling. Psychologie des Verhängnisses, in: Colloquia Germanica 1974, S. 275–297.

zu E.T.A. Hoffmann:

Baumgart, F.: Hoffmanns Künstler-Novellen, in: Deutschland-Italien, Festschrift W. Waetzoldt. 1940.
Thalmann, M.: E.T.A. Hoffmanns Wirklichkeitsmärchen, in: Journal of Engl. and Germ. Philology 51, 1952, S. 473–491.
Martini, F.: Die Märchendichtungen E.T.A. Hoffmanns, in: Der Deutschunterricht 7, 1955, H. 2, S. 56–78.
Rockenbach, N.: Bauformen romantischer Kunstmärchen. Eine Studie zur epischen Integration des Wunderbaren bei E.T.A. Hoffmann. Diss. Bonn 1957.
Himmel, H.: Schuld und Sühne der Scuderi, Zu Hoffmanns Novelle, in: Mitteilg. d. E.T.A. Hoffmann-Gesellschaft 7, 1960, S. 1–15.
Alewyn, R: Das Rätsel des Detektivromans, in: Definitionen, hrsg. v. A. Frisé, 1963, S. 117–136.
Mayer, H.: Die Wirklichkeit E.T.A. Hoffmanns, in: H. M., Von Lessing bis Thomas Mann, 1959, S. 198–246.
Sonderheft über E.T.A. Hoffmann, ZfdPh. 95, 1976.

zu Eichendorff:

Kunz, J.: Eichendorff, Höhepunkt u. Krise der Spätromantik, 1951.
Treml, R.: Zu Eichendorffs Novellentechnik. Diss. Wien 1948.
Schwarz, E.: Ein Beitrag zur allegorischen Deutung von Eichendorffs Novelle (»Das Marmorbild«), in: Monatshefte (Wisconsin) 48, 1956, S. 215–220.
Ders.: Bemerkungen zu Eichendorffs Erzähltechnik, in: Journ. of Engl. and Germ. Philology 56, 1957, S. 542–549.
Riley, Th.: Die Erzähltechnik des jungen E., in: Aurora 20, 1960, S. 30ff.
Seidlin, O.: Versuche über Eichendorff, 1965.
Rodewald, D.: Der Taugenichts und das Erzählen, in ZfdPh. 92, 1973, S. 231–259.
Paulsen, W.: Eichendorff und sein Taugenichts, Bern 1976.

zu Cl. Brentano:

Macnaughton, J.A.: Brentano's Novellen. Diss. New York 1946.
Alewyn, R.: Brentanos »Geschichte vom braven Kasperl u. d. schönen Annerl«, in: Gestaltprobleme d. Dichtung. Festschr. G. Müller, 1957, S. 143–180.

Becker, R.: Cl. Brentano und die Welt seiner Märchen. Diss. Frankfurt a. M. 1960.
Rölleke, H.: Quellen zu Brentanos »Geschichte vom braven Kasperl und dem schönen Annerl«, in: Jb. d. Freien Dt. Hochstifts, 1970, S. 244–257.
Lehnert, H.: Die Gnade sprach von Liebe. Eine Struktur-Interpretation der Geschichte vom braven Kasperl und dem schönen Annerl, in: Geschichte, Deutung, Kritik, 1969, S. 199–223.

zu A. v. Arnim:

Noack, P.: Phantastik u. Realismus in den Novellen A. v. Arnims. Diss. Freiburg i. Br. 1952.
Feise, E.: »Der tolle Invalide auf dem Fort Ratonneau«, in: Journ. of Engl. and Germ. Philology 53, 1954, S. 403–409.
Rasch, W.: A. v. Arnims Erzählkunst, in: Der Deutschunterricht 7, 1955, H. 2, S. 38–55.
Henel, H.: Arnims »Majoratsherren«, in: Weltbewohner und Weimaraner, Ernst Beutler zugedacht, 1960, S. 73–104.
Himmel. H.: Achim von Arnims »Toller Invalide« und die Gestalt der deutschen Novelle. 1967.
Weiss, H. F.: Achim von Arnims Harmonisierungsbedürfnis. Zu Thematik und Technik seiner Novellen, in: Lit.wiss. Jb. 15 (1974), S. 81–99.

zu Tiecks Novellen:

Minor, J.: Tieck als Novellendichter, in: Akademische Blätter (Braunschweig), 1884, S. 129–161, 193–220.
Ganier, J. P.: Zur Entwicklungsgeschichte der Novellendichtung Tiecks. 1899.
Schönbeck, E.: Tieck u. Solger. Diss. Berlin 1910.
Arnold, P. J.: Tiecks Novellenbegriff, in: Euphorion 23, 1921, S. 258–271.
Kimmerich, P.: Tieck als Novellendichter in seiner entwicklungsgeschichtlichen Bedeutung. Diss. Bonn 1921.
Mörtl, H.: Ironie u. Resignation in den Alterswerken Ludwig Tiecks, in: Ztschr. für die österr. Mittelschule 2, 1925, S. 61–94.
Gumbel, H.: Ludwig Tiecks dichterischer Weg, in: Romantik-Forschungen 1929, S. 65–82 (Buchreihe der DVjs. 16.).
Gundolf, F.: Ludwig Tieck, in: F. G., Romantiker, 1931, S. 5–139.
Lieske, R.: Tiecks Abwendung von der Romantik. 1933.
Zeydel, E. H.: Ludwig Tieck u. das Biedermeier, in: GRM 26, 1938, S. 352–358.
Hillebrand, F.: Die Entwicklung der märchenhaften Novellistik Ludwig Tiecks. Diss. Frankfurt a. M. 1944.

HIENGER, J.: Romantik u. Realismus im Spätwerk Ludwig Tiecks. Diss. Köln 1955.

ENDRULAT, H.: Ludwig Tiecks Altersnovellistik u. das Problem der ästhetischen Subjektivität. Diss. Münster 1957.

PEUKER, K.: Drei Märchennovellen aus Tiecks »Phantasus« als Einführung in die Romantik, in: Päd. Provinz 12, 1958, S. 191–199.

STAIGER, E.: Ludwig Tieck u. der Ursprung der deutschen Romantik, in: Die Neue Rundschau 1960, S. 596–622.

THALMANN, M.: Ludwig Tieck »Der Heilige von Dresden«, Aus der Frühzeit der deutschen Novelle. 1960.

KLUSSMANN, P. G.: Die Zweideutigkeit des Wirklichen in Ludwig Tiecks Märchennovellen, in: ZfdPh. 83, 1964, S. 426–452.

STAMM, R.: Ludwig Tiecks späte Novellen. Grundlage und Technik des Wunderbaren. Stuttgart 1973.

SEGEBRECHT, W. (Hrsg.): Ludwig Tieck, Darmstadt 1976.

zum „Jungen Deutschland" und zum Biedermeier:

ALEXANDER, M.: Die Novellentheorie der Jungdeutschen. Diss. München 1923.

SCHÜLER, G.: Die Novelle des Jungen Deutschland. Diss. Berlin 1941.

HERMAND, J.: Die literarische Formenwelt des Biedermeier. 1958.

SCHRÖDER, R.: Novelle und Novellentheorie in der frühen Biedermeierzeit. Versuch einer genetischen Gattungsmorphologie. 1971.

SENGLE, F.: Biedermeierzeit. Deutsche Literatur im Spannungsfeld zwischen Restauration und Revolution 1815–1848. Bd. 1, 1971; Bd. 2, 1972; Bd. 3, 1980.

EISENBEISS, U.: Das Idyllische in der Novelle der Biedermeierzeit, Stuttgart 1977.

c) Die Novelle des bürgerlichen Realismus

Nach fast einhelliger Meinung der gesamten Forschung liegt der eigentliche Höhepunkt deutscher Novellendichtung im Zeitalter des bürgerlichen Realismus. Auch hier bleibt die Novelle ein kunstvolles Gebilde, gewinnt aber dabei so viel an innerem Raum, daß sie „Lebensfragen" aller Art in sich aufzunehmen wagt. Für die Erforschung dieses Zeitraumes haben sich besonders WALTER SILZ mit seinem vorwiegend interpretierenden Buche „Realism and Reality, Studies in the German Novelle of Poetic Realism" (1954) und FRITZ MARTINI mit seinem Aufsatz »Die deutsche Novelle im 'bürgerlichen Realismus'« (1960), zu dem dann ergänzend seine Gesamtdarstellung »Deutsche Literatur im bürgerlichen Realismus 1848 bis 1898« (1962) getreten ist, besondere Verdienste erworben.

Vom Didaktischen der „moralischen Erzählung", wie sie das 18. Jahrhundert bevorzugt, hat sich die Novelle inzwischen ebensoweit entfernt wie von der zeitlich ihr näher liegenden Phantasie- und Stimmungskunst der Romantik. Innerhalb eines relativ geschlossenen und begrenzten künstlerischen Raumes spiegelt sie nunmehr die verbürgerlichte Welt des 19. Jahrhunderts, aber ebenso die subjektive Auflehnung und den Protest gegen diese Verbürgerlichung, so daß sie in zunehmendem Maße die sittlichen, weltanschaulichen und metaphysischen Probleme dieses Zeitalters zu ihrem Gegenstand gemacht hat. Eben diese kleinere Erzählform schien besonders geeignet, zwischen dem Subjekt des Dichters und der realen Begebenheit zu vermitteln, weil sie ein wahres oder als wahr ausgegebenes Ereignis gestaltet, aber zugleich in der Darstellungsform dabei auswählt, akzentuiert, isoliert und symbolisch verdichtet. Walter Silz und Benno von Wiese haben beide gezeigt, welche entscheidende Rolle die symbolische Bildgestaltung auch und gerade für die Epoche des sog. poetischen Realismus gespielt hat. Mochte die Romantik dem Subjektiven, Phantastischen und Ironischen einen größeren Spielraum zugestehen, das Gesellschaftliche aufbrechen und die Vermischung mit dem Märchen begünstigen, mochte der Realismus statt dessen sich stärker der Begebenheit als solcher zuwenden und das Schwergewicht mehr auf die landschaftliche Schilderung und die Problematik des Gesellschaftlichen legen – in beiden Fällen entwickelte sich das novellistische Erzählen in der Darstellung einer Situation oder auch mehrerer Situationen, deren intensive, herausgehobene Bedeutung sich oft nur in stellvertretender, symbolischer Verdichtung konkret gestalten ließ. Die Novellentheorie von Tieck über Heyse bis zur Gegenwart hat wiederholt die stilistischen Mittel solcher Verdichtung untersucht. Ausdrücke wie „Wendepunkt", „Silhouette", „Falke", „Leitmotiv" usw. sind im Grunde aber doch nur verschiedene Umschreibungen für diese durchgängige Stiltendenz, eine einzelne Begebenheit in ihrer besonderen Prägnanz herauszuheben und ihr über das subjektiv Bedeutsame hinaus auch eine objektive Geltung zu verschaffen.

Der Spielraum des novellistischen Erzählens bleibt indessen auch innerhalb des sog. „bürgerlichen Realismus" noch außerordentlich groß. Er reicht vom „Ereignisstil" Gottfried Kellers bis zu jenem Gattungstypus, der, wie vor allem Martini gezeigt hat, die „objektive Wirklichkeit" mit „subjektiven Perspektiven" zu vereinigen versuchte. Das „Problematische", „Irrationale" und „Moderne" ist gerade in diesen geschichtlichen Formtypus mit eingegangen, der sich im bürgerlichen Raum des Gesellschaftlichen, Geschichtlichen und Psychologischen angesiedelt hat. Martini hat mit Nachdruck auf das Komplexe und Mehrdimensionale solcher Darstellungsweise hingewiesen. Sie kennt die variable Rahmenkomposition, den fiktiv mündlichen und subjektiven Erzählton, den Erinnerungsbericht, die chronikalische Fiktion, die Leitmotivik, die Situations-, Bild- und Dingsymbolik, die Technik der Vordeutungen, der Rück- und Abblendungen, der Sprünge und Abbreviaturen, den Wechsel von Bericht und Szene usw. (vgl. Martini »Deutsche Literatur im bürgerlichen Realismus«, S. 615).

Der Weg von Stifter, Keller und Meyer bis zu Raabe, Storm und Fontane ist zwar zeitlich nicht allzu lang, ja, rein chronologisch gesehen stehen die Dichtungen oft nebeneinander; aber die Differenzierungen in der Herausbildung eines neuen Novellentypus sind doch erstaunlich groß. Während die frühe Biedermeierzeit, wie F. Sengle einmal angedeutet hat, Roman und Novelle noch kaum voneinander trennt, setzt sich erst mit Keller, Storm, Meyer und Heyse in der zweiten Jahrhunderthälfte die Vorstellung von der strengen, konstruktiven Form der Novelle mit Nachdruck durch. Die Novelle, die schon Theodor Mundt 1834 ein „deutsches Haustier" genannt hat, wurde mehr und mehr zu einer modischen Darstellungsform, auf die auch Dichter von geringerem Rang wie Ferdinand von Saar und Louise von François nicht verzichten konnten. Gegen solchen bis in den Journalismus sich ausbreitenden Literaturbetrieb hat schließlich der vielleicht bedeutendste Novellendichter dieses Zeitalters, Gottfried Keller, selber protestiert: „Mich beschleicht... das Gefühl, daß die Novelliererei zu einer allgemeinen Nivelliererei geworden sei, einer Sintflut, in der herumzuplätschern kein Vergnügen und bald auch keine Ehre mehr sei" (Briefwechsel Heyse/Keller, 1919, S. 384).

Warum hat gerade die Novelle für das aufsteigende Bürgertum des 19. Jahrhunderts eine solche Faszination gehabt, daß von THEODOR MUNDT bis zu STORM und HEYSE durchaus die Meinung vorherrschte, die Novelle sei die berufene Kunstform, „das Höchste darzustellen“ (vgl. Mundt »Moderne Lebenswirren«, 1834, S. 155 ff.)? So manche Spannungen und Zweifel des neuen Zeitalters, so mancher Protest gegen das Bürgerliche noch innerhalb der Bürgerlichkeit selbst fanden hier in einer Darstellungsweise, die es gestattete, subjektiv zu sein und sich trotzdem um die Wirklichkeit zu bemühen, den ihr gemäßen Ausdruck.

Das geschah freilich auf sehr verschiedene Weise. Bereits seit 1831, also noch im Umkreis der biedermeierlichen Novelle, entstand FRANZ GRILLPARZERS Rahmennovelle »Der arme Spielmann«, die schon so viele Züge der Moderne vorwegnimmt, ebenso wie BÜCHNERS Prosa-Fragment »Lenz« (1836), das, wenn auch in seiner besonderen Art, gleichfalls in eine Geschichte der deutschen Novelle mit hineingehört. Eben hier, bei Büchner, ist das Einströmen des „Dämonischen“, wie es vor allem PONGS für die deutsche Novelle des 19. Jahrhunderts hervorgehoben hat, in hohem Maße spürbar. Bei Grillparzer und bei Büchner ist das Interesse am Psychologischen und Psychopathischen unverkennbar. Aber wieweit läßt sich das Psychologische überhaupt mit dem auf *ein* Ereignis gerichteten Stil der Novelle vereinigen? Gerät man damit nicht in den Umkreis der sogenannten Charakternovelle, die – von der Gattung ‘Novelle’ her gesehen – eigentlich bereits ein Widerspruch in sich selber ist? Jedoch war es gerade eine vieldeutiger gewordene Weltstruktur, aus der heraus sich das Interesse an der ungewöhnlichen Individualität, sei sie nun komisch, grotesk oder tragisch oder alles dies zugleich, stärker entwickeln mußte. Aber auch hier liegt innerhalb des novellistischen Bereiches der Akzent auf dem, was ihr, der Individualität, an Zufällen und Schicksalen zustößt, während im Romanhaften die reflektierende Analyse über die Personen einen sehr viel breiteren Raum einnehmen kann. MÖRIKES Künstlernovelle »Mozart auf der Reise nach Prag« (1855), deren Mittelpunkt ganz gewiß dieser einzigartige, ebenso anmutige wie dämonische Genius ist, braucht die *eine* Begebenheit, diesen *einen* Tag aus Mozarts Leben mit der Geschichte von dem Pomeranzenbaum, um von hier aus Mozarts gesamtes Leben, das vergangene und sogar noch das zukünftige, in symbolischer Verdichtung zusammenziehen zu können. GRILLPARZER wiederum schafft erst durch den wohlerwogenen Kontrast von Rahmen und Binnenerzählung die Möglichkeit, das Leben seines vieldeutigen Kauzes, der ein Narr und ein Künstler, ja vielleicht sogar noch ein Heiliger war, unter eine novellistische Perspektive zu rücken. Selbst ein so romanhafter Erzähler wie STIFTER, der die den Menschen mitbestimmende Landschaft im epischen Verweilen vor uns ausbreitet, akzentuiert in seinen Meisternovellen wie »Brigitta« (1847) und »Abdias« (1845) sehr genau das novellistische Thema, sei es in »Brigitta« den Einzelfall von der Liebe eines „schönen" Mannes zum scheinbar „häßlichen" Mädchen oder in »Abdias« den Bericht von einem unbegreiflichen Schicksal und einem vielleicht noch unbegreiflicheren menschlichen Herzen, dem eben dieses zustößt. Seine Erzählung »Das alte Siegel« (1844, 1847) mit dem väterlichen Siegel als „Dingsymbol" enthüllt bereits in sehr moderner Weise die Ambivalenz von Treue und Untreue, von traditioneller Bindung an die väterliche Welt und einer neuen, in der Person gegründeten Sittlichkeit, für die der bloße Ehrbegriff fragwürdig geworden ist. Und auch Stifter hat sich wiederholt und gerne der Rahmenerzählung als eines künstlerischen Mittels bedient.

Ebenso wie Stifter das Psychologische zurückdrängt, sich jede Einmischung des Erzählers mehr oder weniger verbietet und nur das reine Geschehen darstellen will, so hat es auf ihre Weise auch ANNETTE VON DROSTE-HÜLSHOFF in ihrer Erzählung »Die Judenbuche« (1842) getan. Das Erzählte lädt mit seiner ganzen Undurchdringlichkeit zu sehr verschiedenen Deutungen ein. Für PONGS bedeutete »Die Judenbuche« eine Novelle der universalen Seinstragik; SILZ versuchte sie als „Entwicklungsnovelle" zu verstehen; BENNO VON WIESE analysierte das Sprunghafte, der Ballade Verwandte in diesem Erzählen von Gipfel zu Gipfel, das im „Dingsymbol" der Judenbuche seinen mythischen, nahezu zeitlosen Kontrast findet.

Auch im Zeitalter des „Realismus" stand die Novelle den Einflüssen von Sage und Märchen noch offen. Am deutlichsten zeigt das JEREMIAS GOTTHELFS Novelle »Die schwarze Spinne«

(1842), in der das traumhaft Phantastische, das Groteske und das Legendäre sich in der Stilgebung vermischen und die dennoch wiederum im Kontrast von Rahmen und erzählter Geschichte und in der Verknüpfung beider Sphären durch das Dingsymbol der mythischen Spinne durchaus novellistisch ist. Man könnte in diesen Zusammenhang noch anderes heranziehen wie WILHELM RAABES auf ein altes Sagenmotiv zurückgehende Erzählung »Die Innerste« (1874/76) und GOTTFRIED KELLERS ironisches Novellenmärchen »Spiegel, das Kätzchen« (1855).

GOTTFRIED KELLER muß vor allem als Höhepunkt der deutschen Novelle des 19. Jahrhunderts herausgehoben werden. Ihm gelang es erneut, seine Novellen zyklisch zusammenzufassen, mochte der Rahmen auch nur ganz lose angedeutet sein wie in »Die Leute von Seldwyla« (erste Auflage 1856, zweite vermehrte Auflage 1874) oder nur die ersten drei Geschichten umfassen, wie in den »Züricher Novellen« (1877/78). Im »Sinngedicht« (1882) baut er noch einen ganzen Roman aus Novellen auf mit einem an einen Sinnspruch von Logau anknüpfenden Rahmenthema. Erst HERMANN BROCH hat in der Moderne erneut in seinem Roman »Die Schuldlosen« (1950) den Versuch gemacht, zum Teil bereits vorher selbständig entstandene Geschichten mit anderen, neu hinzugefügten kompositorisch zu einer Romaneinheit zu verknüpfen. Auch in ALFRED DÖBLINS »Hamlet oder die lange Nacht nimmt ein Ende« (1956) sind Erzählungen derart in eine Rahmengeschichte eingelagert. Die Novelle verliert keineswegs ihre Eigengesetzlichkeit, wenn sie wiederum zur Zelle in einem größeren, epischen Ganzen wird und das Isolierte des Einzelfalls noch von übergreifenden Zusammenhängen her überwunden werden soll. Bereits GOETHE hatte ja mit »Wilhelm Meisters Wanderjahre« diesen Weg beschritten. Aber schon vor ihm hatte Friedrich Schlegel die älteste Form des Prosaromans „ein System von Novellen" genannt (vgl. »Literary Notebooks«, Notiz 954), so wie auch umgekehrt die wahre Novelle für ihn „zugleich Romanze und Roman" sein konnte (vgl. Notiz 1102). Kellers großes episches Talent blieb durchaus noch auf eine „Totalität der Objekte" (Lukács) gerichtet, aber zugleich gewann für ihn als Novellisten der erzählte Einzelfall immer stärker eine stellvertretende Bedeutung. Wie sehr seine Kunst der „Spiegelungen" noch in die Tiefe des Lebens selbst hineinzuführen vermochte, zeigt besonders seine sich dem Romanhaften wiederum annähernde Rahmenerzählung »Der Landvogt von Greifensee« in den »Züricher Novellen«. In einem fünffachen „Spiegel der Erinnerung" fängt sie wie in einem „magischen Pentagramm" einen ganzen Lebenslauf auf, verdichtet aber dennoch alles Erzählte noch einmal in der *einen*, von Keller frei erfundenen Rahmenbegebenheit von dem schalkhaften Landvogt, der seine fünf „Flammen", die ihm einst Körbe gegeben haben, zu einem erbaulichen und zierlichen Fest einlädt, das mit der Schlußpointe eines großartigen männlichen Spaßes endet. Gottfried Keller beherrscht alle Register der Novelle. Er kennt ebenso die tragische Novelle (»Romeo und Julia auf dem Dorfe«, »Regine«) wie die komische (»Pankraz der Schmoller«, »Kleider machen Leute«) oder auch solche Erzählungen, die sich dem Grotesken nähern wie »Die drei gerechten Kammacher«; aber immer bleibt er episch bei der Begebenheit selbst, deren mehr verhüllte als offen dargestellte Symbolik ganz aus dem Gegenständlichen der Wirklichkeit selbst herauswächst.

Verglichen mit Keller ist CONRAD FERDINAND MEYERS novellistische Kunst sehr viel bewußter und reflektierender. Schon die Vorliebe für geschichtlich weit zurückliegende Stoffe gibt hier Distanz zum Dargestellten. Die häufige Verwendung des Rahmens wie in »Der Heilige« (1880), »Das Amulett« (1873), »Plautus im Nonnenkloster« (1882), »Die Leiden eines Knaben« (1883), am kunstvollsten in »Die Hochzeit des Mönchs« (1880/84), erlaubt Meyer, die Erzählperspektive auf verschiedene Erzähler zu verteilen. Das schafft für einen so psychologisch orientierten und interessierten Dichter den Raum für ein perspektivisches Sehen seiner Gestalten. Meyer will das Artistische der Novellenform keineswegs verbergen, sondern genau umgekehrt dem Leser so suggestiv wie möglich einprägen. Er läßt sich nicht wie Keller liebend und spöttisch mit den Menschen und ihren Lebenserfahrungen ein, sondern bewahrt eine höfliche und vornehme Reserve zu ihnen. Er erzählt meist mit Pathos, sehr viel seltener, wie in »Der Schuß von der Kanzel« (1878) und in der dem Poggio in den Mund gelegten ironischen Facetie »Plautus im Nonnenkloster« (1882), auch mit Humor. Meist baut er sublime Kompositionen auf, in denen die Figuren zuweilen statuarisch erstarren. Er verknüpft die Handlungsstränge oft nach dem bewußt gewählten Prinzip des Zufalls, das jedoch dann noch zum Werkzeug des Schicksals oder sogar einer göttlichen Vorsehung werden kann. Es ist ein repräsentativ stilvolles Erzählen, das Abstand zur eigenen bürgerlichen Epoche einhält, ein Erzählen, das mit dem Rahmen bereits geschichtliche Vergangenheit in sich aufgenommen hat und damit am ehesten der These von Grolmans entspricht, der Reiz der Novelle bestände im Besonderen der historischen Zeit, im Gegeneinanderspiel von Vergangenem und sogar noch Zukünftigem in der Gegenwart (vgl. seinen Artikel »Novelle« im RL Bd II). Wie sehr sich dabei das Novellistische und das Dramatische bei Meyer berühren, hat Meyer selber gewußt, so daß man geradezu von einer unglücklichen Liebe dieses Novellendichters zum Drama sprechen kann, die übrigens auch einem so ausgesprochenen Epiker wie Gottfried Keller nicht unbekannt war. Meyers Novelle »Die Hochzeit des Mönchs«, in der die Entstehung der Novelle noch in die Novelle selbst mit hineingenommen ist und die nicht nur in der geschickten Verschlingung von Rahmenerzählung und eigentlicher Handlung einen hohen Grad von Raffinesse verrät, sondern auch in der kunstvollen Verwendung der auf ein Verhängnis vordeutenden Zeichen, dürfte in ihrer pointierenden und kontrastierenden novellistischen Formengebung wohl der Höhepunkt dieses Stils sein. Aber auch »Die Versuchung des Pescara« (1889), in der es um ein echtes Novellenthema geht, nämlich um die Versuchung eines großen und gewaltigen Feldherrn, der durch seine besondere, zunächst nur ihm selbst bekannte Situation, vom Tode bereits gezeichnet zu sein, schon jenseits *jeder* Versuchung steht, zeigt trotz des Auseinanderklaffens von psychologischen und symbolischen Stilzügen einen hohen Grad novellistischen Könnens.

Mit Otto Ludwig, Friedrich Hebbel, Theodor Storm, Paul Heyse, Wilhelm Raabe und Theodor Fontane setzt dann eine Entwicklung ein, in der die Grenzen zwischen Roman und Novelle sich zu verwischen beginnen. Das wird schon in Otto Ludwigs Erzählung »Zwischen Himmel und Erde« (1856) sehr deutlich, während der Erzähler Hebbel in Geschichten wie »Matteo« (1841) und »Die Kuh« (1849) sich stärker der anekdotischen, grotesken Kurzgeschichte und ihren vernichtenden Paradoxien nähert. Auch die Novellen des Österreichers FRIEDRICH HALM – wir nennen besonders »Die Marzipanliese« (1856) – zeigen mit ihrer Mischung des Kriminellen und des Spukhaften einen „Umschlag der romantisch-idealistischen Perspektive in deren Negation" (Martini, S. 617). In der differenzierten psychologischen Analyse wird für die Kleinform des novellistischen Erzählens in Deutschland und noch mehr im Ausland Vorzügliches geleistet. PUSCHKIN, GOGOL, TOLSTOJ, LJESSKÒW, STEVENSON, KIPLING seien dafür als Beispiele genannt. Paul Heyse ist freilich mehr für die Novellentheorie als für die Geschichte der Novelle im engeren Sinne wichtig. Seine damals so berühmten und überschätzten Erzählungen sind heute so gut wie vergessen. Sie verteidigen das individuelle Recht des Ausnahmemenschen gegen die Normen der Gesellschaft, so wie es in anderer Weise auch MAX STIRNER mit seiner Philosophie vom Einzigen und seinem Eigentum getan hat. Im Kampf der Pflichten soll das individuelle, allerpersönlichste Recht seine Geltung behalten. Seit seiner ersten erfolgreichen Novelle »L'Arrabbiata« (1854) suchte HEYSE die Rationalität der psychologischen Analyse mit einem zum poetischen Effekt stilisierten Schönheitsideal zu verbinden. Mit Recht hat Martini (S. 628) hervorgehoben, daß diese Novellen mit ihrem wirkungsvollen Arrangement der Bilder und ihrer Kunst der Beleuchtungen für die Kultur- und Geschmackspsychologie dieser Jahrzehnte eine Fundgrube bieten. Heyse ist jedoch dabei über die Reihung vieler Einzelfälle und zugleich über die Relativität des psychologischen, meist erotisch aufgefaßten Einzelfalles nicht hinausgelangt.

Weit wichtiger ist die Novellendichtung von WILHELM RAABE und THEODOR STORM. Erzählungen von RAABE wie »Höxter und Corvey« und »Die Innerste« (vgl. die Interpretationen von Martini und von Wiese) werden erst jetzt langsam in ihrem Rang entdeckt. Denn der so oft gegen Raabe erhobene Vorwurf der Formlosigkeit ist gewiß nicht berechtigt. Raabe gelingt es, „das Einzeldasein in das Anonym-Kollektive einzufügen, in Spielkontrasten die Schicksalsverwobenheit des Ganzen zu durchschauen und das Anekdotische zum hintergründigen Symbolzusammenhang zu weiten" (Martini »Dt. Literatur . . .«, S. 709). Seine auf das „Bleibende aus der Tiefe" (Raabe) gerichtete Kunst der poetischen Darstellung vermochte nicht nur im Roman, sondern auch in der Novelle ein Gleichgewicht zwischen widerstreitenden Möglichkeiten zu erreichen, zwischen Vernichtung und Bewahrung des Menschlichen, zwischen Schwermut und Aussöhnung mit dieser Schwermut aus dem Geist des Humors heraus. Inmitten aller Schnörkel, Abschweifungen und bloß assoziativen Verknüpfungen, inmitten alles Bei- und Rankenwerkes behält er jenen doppelten Tonfall, der sich auf der einen Seite liebevoll mit der biedermeierlichen Gartenlaube einläßt, auf der anderen sich dennoch eine spottende Freiheit bewahrt, die sich über alle äußere Eingeschränktheit von Raumsituation und historischer Zeit zu erheben vermag.

„Beschränkung und Isolierung" des Weltblicks ist nach einem Brief STORMS vom 22. Nov. 1851 an John Brinckman das Wesen der Novelle. Aber weit mehr noch als bei Raabe geht es ihm jetzt nicht mehr um Analyse, sondern um das Geheimnis des Lebens selbst, um den verdämmernden und verhüllenden Ton, um eine dem Leben selbst innewohnende Lyrik. Seine Novelle wächst daher durchaus aus dem Lyrischen heraus. Das ist in seinen Anfängen, vor allem in »Immensee« (1849), besonders der Fall, geht aber auch später in seiner Entwicklung bis zum »Schimmelreiter« (1887/88) nie ganz verloren. Der Stormsche „Erinnerungsrahmen" schafft nicht eine objektive Distanz zum Dargestellten, sondern eine subjektive Nähe, die es dem Erzähler ermöglicht, von einer ganz persönlichen Erzählperspektive aus zu berichten. Storm sieht sich in das Fragmentarische, Vereinsamende, in das widersprüchlich Unfaßbare des Daseins selbst mit hineingezogen und schwelgt nun in der Melancholie der Erinnerungen, in der elegischen Tragik des Erleidens und der Resignation, um diese bereits sehr moderne Situation der Zwiespältigkeit noch ertragen zu können. Das führt dann bis zur Fiktion des Erzählers, er könne selber den von ihm geschilderten Vorgang nicht mehr durchschauen. In der Novelle »Auf dem Staatshof« (1856/58) heißt es: „Ich kann nur einzelnes sagen; nur was geschehen, nicht wie es geschehen ist; ich weiß nicht, wie es zu Ende ging, und ob es eine Tat war oder nur ein Ereignis, wodurch das Ende herbeigeführt wurde. Aber wie es die Erinnerung mir tropfenweise hergibt, so will ich es erzählen." Die Novelle verliert dabei an Form zugunsten der poetischen Stimmung. Sie findet ihr zentrales Thema im Schwindenden der Zeit, sei es in schwermütiger Trauer, sei es im verklärenden Glanz der Rückschau. Aber trotz dieses poetisierenden subjektiven Erzählens, dem es um die rätselvolle, vom Gefühl getragene Beziehung zwischen Einst und Jetzt zu tun ist, kennt Storm auch schon das Undurchdringliche der Wirklichkeit und ihre ans Fatale grenzende Determination, jene Welt der jähen, unversöhnlichen, tragischen Gegensätze, die sich in ihrer brutalen Tatsächlichkeit der mildernden Harmonisierung der Dissonanzen entzieht. Dafür seien besonders jene Erzählungen genannt, die das Vater-Sohn-Motiv behandeln wie »Carsten Curator« (1877), »Der Herr Etatsrat« (1880/81) und »Hans und Heinz Kirch« (1881/82). Novellen hingegen wie »Renate« (1877/78), »Aquis submersus« (1875/76) und selbst »Der Schimmelreiter« (1887/88) weichen dieser Härte des Wirklichen weit mehr aus und erzeugen noch vom Ausschnitt *einer* Geschichte her die Illusion einer an sich unbegrenzten, im poetischen Dämmerschein der Stimmung zerfließenden Welt. Hier wurde immer wieder die Unerbittlichkeit des Tragischen durch eine zarte poetische Schwermut und den Goldton der Erinnerung gemildert. Jedoch gerade diese Harmonisierungstendenz, zusammen mit einer großen Erzählbegabung, haben Storm zu seinem Ruhm als Novellisten des ausgehenden 19. Jahrhunderts verholfen. Erst der junge Gerhart Hauptmann hat dann mit seinen Erzählungen »Bahnwärter Thiel« (1888) und »Der Apostel« (1890) Novellen geschrieben, die solche Harmonisierung von der Stimmung her nicht mehr kennen, aber auch über die bloß detaillierte Schilderung des Naturalismus und die psychologische Seelenstudie durch eine im Erzählen selbst gewonnene symbolische Verdichtung weit hinauswachsen.

Von Theodor Fontane hat man bisher meist gemeint, daß er in eine Geschichte der deutschen Novelle nicht hineingehöre. Aber so sehr auch seine Novellistik ins Romanhafte hinüberspielt, Erzählungen wie »Schach von Wuthenow« (1883), »L'Adultera« (1882), »Cécile« (1887) und »Unwiederbringlich« (1891) stehen der Novelle nicht so fern, wie es zunächst aussehen mag. Denn Fontanes Neigung zur Verwendung von vorwegnehmenden Zeichen, ferner seine deutlich herausgehobenen Leitmotive, überhaupt seine symbolisch konzentrierende Darstellungsweise, die sich gerne mit einem ironischen Spiel mit dem Erzählten verbindet, sind legitime Darstellungsmittel eines novellistischen Stiles; ja, sie sind sogar für die Kunstform der Novelle geradezu unentbehrlich geworden.

Literatur:

MARTINI, F.: Die deutsche Novelle im 'bürgerlichen Realismus', Überlegungen zur geschichtlichen Bestimmung des Formtypus, in: Wirk. Wort 10, 1960, S. 257–278.

DERS.: Deutsche Literatur im bürgerlichen Realismus 1848–1898, 1962, [3]1974. (Epochen der dt. Literatur. V, 2.)

AUST, H.: Literatur des Realismus, Stuttgart, Metzler 1977, 2. Aufl. 1982.

PONGS, H.: Grundlagen der deutschen Novelle des 19. Jhs, in: Jb. des Freien Dt. Hochstifts 1930, S. 151–231.

KUNZ, J.: Die deutsche Novelle im 19. Jahrhundert. 1970; zweite, überarbeitete Aufl. 1978.

NIENTIMP, M.: Zur Bedeutung der Erzählerfigur u. der Erzählhaltung in Novellen des Realismus, in: Die Pädagog. Provinz 13, 1959, S. 349 bis 356.

WEBER, A.: Deutsche Novellen des Realismus. Gattung, Geschichte, Interpretation, Didaktik, 1975.

VON WIESE, B.: Deutschland erzählt. Von Büchner bis Hauptmann. (Fischer-Bücherei. Bd 711.) 1965.

POLITZER, H.: *Franz Grillparzers* »Der arme Spielmann«. 1967.

JUNGBLUTH, G.: Franz Grillparzers Erzählung »Der Arme Spielmann«, in: Orbis Litterarum, 1969, S. 35–51.

HEINE, R.: Ästhetische oder existentielle Integration? Ein hermeneutisches Problem des 19. Jahrhunderts in Grillparzers Erzählung »Der arme Spielmann«, in: DVjs. 46. Jahrg. 1972, H. 4, S. 650–683.

ELLIS, JOHN M.: Grillparzers Der arme Spielmann, in: German Quarterly, 1972, S. 662–683.

VON DROSTE-HÜLSHOFF, A.: 'Die Judenbuche', Neue Studien und Interpretationen. ZfdPh. Sonderheft, 1980.

BIANCHI, L.: Von der *Droste* bis *Liliencron*, Beiträge zur deutschen Novelle u. Ballade. 1932.

BRACHER, H.: Rahmenerzählung u. Verwandtes bei *G. Keller, C. F. Meyer* u. *Th. Storm*, Ein Beitrag zur Technik der Novelle. 1924.

EVERTH, E.: *C. F. Meyers* epischer Sprachstil, in: ZfÄ 20, 1926, S. 129 bis 140.

TAYLOR, M. L.: A study of the technique in Meyers Novellen. 1909.

FAESSLER, M.: Untersuchungen zum Prosarhythmus in Meyers Novellen. 1925.

BRACK, E.: Die Landschaft in Meyers Novellen u. Gedichten. 1926.

HELLERMANN, F.: Mienenspiel u. Gebärdenspiel in Meyers Novellen. Diss. Gießen 1912.

HOFFMANN, O.: Die Menschengestaltung in Meyers Renaissance-Novellen. 1940. (German. Studien. 219.)

HARDAWAY, R. F.: The revision of Meyers Novellen: an interpretation of the variants between the texts of Deutsche Rundschau and of the book. Diss. Chicago 1936.

BECKERS, G.: Morone und Pescara. Proteisches Verwandlungsspiel und existentielle Metamorphose. Ein Beitrag zur Interpretation von C. F. Meyers Novelle »Die Versuchung der Pescara«, in: Euphorion 63, 1969, H 1/2, S. 117–145.

ONDERDELINDEN, S.: Die Rahmenerzählungen C. F. Meyers. Leiden 1974.

KAYSER, W.: Bürgerlichkeit u. Stammestum in der Novellendichtung *Storms*. 1938.

STUCKERT, F.: Storms novellist. Form, in: GRM 27, 1939, S. 24–39.

ARNOLD, P. J.: Storms Novellenbegriff, in: ZfDk. 37, 1923, S. 281 ff.

MASSON, R.: La théorie de la nouvelle selon Th. Storm, in: Langues modernes 40, 1946, S. 449–476; 41, 1947, S. 33–51.

RIEMANN, E.: Th. Storms Bemerkungen zur Theorie der Novelle u. die Entwicklung seiner Novellistik, 1912.

COENEN, F. E.: Problems in Theodor Storm's Novellen, in: Germ. Rev. 15, 1940, S. 32–45.

DERS.: Death in Theodor Storm's Novellen, in: PMLA 64, 1949, S. 340–349.

FULLER, E. W.: Theodor Storm as a theorist of the Novelle. Diss. Wisconsin 1951.

BROWNING, R. M.: The use and significance of the supernatural in the Novellen of Theodor Storm. Diss. Princeton 1955.

BERND, C. A.: Theodor Storm's Craft of Fiction, North-Carolina 1966, ^{2}1968.

Einzelinterpretationen:

Für die zahlreichen Einzelinterpretationen zu Novellen des bürgerlichen Realismus seien beispielhaft die Untersuchungen zu *G. Kellers* »Romeo und Julia auf dem Dorfe« genannt: SCHNEIDER, W.: Der Anfang von G. Kellers »Romeo und Julia auf dem Dorfe« interpretiert, in: Librarium 1, 1958, H. 2, S. 56–59 (aus: W. S., Dt. Kunstprosa. 1926); SILZ, W.: Kellers »Romeo und Julia auf dem Dorfe«, in: W. S., Realism and Reality. Studies in the German Novelle of Poetic Realism, 1954, S. 79-93; GILBERT, M. E.: Zur Bildlichkeit in Kellers »Romeo und Julia auf dem Dorfe«, in: Wirk. Wort 4,

1953/54, S. 354–358; Kultermann, U.: Bildformen in Kellers Novelle »Romeo und Julia auf dem Dorfe«, in: Der Deutschunterricht 8, 1956, H. 3. S. 86–100; Kunisch, H.: Gottfried Kellers »Romeo und Julia auf dem Dorfe«, in: Münchener Universitätswoche a. d. Sorbonne zu Paris, 1956, S. 116–121; Runge, E. A.: Ein kleiner Blick in die künstlerische Verwandlung, Zu Kellers »Romeo und Julia auf dem Dorfe«, in: Monatshefte (Wisconsin) 52, 1960, S. 249–252; Feise, E.: Kellers »Romeo und Julia« und Stifters »Brigitta«, Aufbau und Gehalt, in: E. F., Xenion, 1950, S. 153–179; Phelps, R. H.: Keller's technique of composition in »Romeo und Julia auf dem Dorfe« in: Germ. Rev. 24, 1949, S. 34–51; Gonzenbach, H.: »Romeo und Julia auf dem Dorfe«, Untersuchungen zum Wesen des Sprachkunstwerks u. zu Kellers Weltbild. 1949; Maier, R. N.: »Romeo u. Julia auf dem Dorfe«, in: Der Deutschunterricht 3, 1951, H. 2, S. 49–63; Rehder, H.: »Romeo und Julia auf dem Dorfe«, An Analysis, in: Monatshefte (Wisconsin) 35, 1943, S. 401–434; McCormick, E. A.: The Idylls in Keller's »Romeo u. Julia«, A Study in Ambivalence, in: The German Quarterly 35, 1962, S. 265–279; Obermayer, A.: G. K.'s Romeo und Julia auf dem Dorfe. Ein realistisches Märchen? In: Jb. der Grillparzer-Ges. 12, 1976 S. 235 bis 255; vgl. auch: Tietgens, H.: Möglichkeiten einer Zeitgestalt-Untersuchung, dargestellt an G. Kellers »Leuten von Seldwyla«, Diss. Bonn 1949; Fleissner, O. S.: Bilder und Gleichnisse in Kellers Prosawerken, in: PMLA 55, 1940, S. 484–510; Höllerer, W.: G. Kellers »Leute von Seldwyla« als Spiegel einer geistesgeschichtlichen Wende. Diss. Erlangen 1949; Lukács, G.: Gottfried Keller, in: Deutsche Realisten des 19. Jhs, 1951, auch in: Deutsche Literatur in zwei Jahrhunderten, Werke Bd 7, 1964, S. 334–419; Ritzler, P.: Das Außergewöhnliche und das Bestehende in G. Kellers Novellen, in: DVjs. 28, 1954, S. 373–383; Richter, H.: G. Kellers frühe Novellen, 1960; Hahn, W.: The motif of play in G. Kellers „Novellen", in: Germ. Quarterly 34, 1961, H. 1, S. 50 bis 57; Remak, H. H.: Theorie und Praxis der Novelle: Gottfried Keller, in: Stoffe, Formen, Strukturen. Studien zur deutschen Literatur. H. H. Borcherdt zum 75. Geburtstag. 1962. S. 424–439; Reichert, K.: Die Entstehung der »Züricher Novellen« von Gottfried Keller, in: ZfdPh. 82, 1963, S. 471–500; Ohl, H.: Das zyklische Prinzip von Gottfried Kellers Novellensammlung »Die Leute von Seldwyla«, in: Euphorion 63, 1969, H. 1/2, D. 216–226; Gsell, H.: Einsamkeit, Idyll und Utopie. Studien zum Problem von Einsamkeit und Bindung in G. K.'s Romanen und Novellen, Bern 1976; Rothenberg, J.: G. K. Symbolgehalt und Realitätserfassung seines Erzählens, Heidelberg 1976.

Hohoff, K.: *A. Stifter.* Seine dichterischen Mittel u. die Prosa des 19. Jhs. 1949.

Blanck, H.: Die Technik der Rahmenerzählung bei A. Stifter. Diss. Münster 1924.

Ehrentreich, A.: Zur Gestalt der Novelle bei Adalbert Stifter, in: GRM 23, 1935, S. 192ff.

Rehm, W.: Stifters Erzählung »Der Waldgänger« als Dichtung der Reue, in: W. R., Begegnungen und Probleme, 1957, S. 317–345.

Lachinger, J.: Adalbert Stifters »Abdias«. Eine Interpretation, in: Vierteljahrsschrift. Adalbert-Stifter-Institut des Landes Oberösterreich 18, 1969, Folge 3/4, S. 97–114.

Schwerte, H.: Stifters Erzählung »Brigitta«, in: Blätter für den Deutschlehrer 2, 1961, S. 33–45.

Himmel, H.: Probleme der österreichischen Biedermeiernovellistik (Adalbert Stifter), in: Adalbert Stifter-Institut des Landes Oberösterreich, Vierteljahrsschrift, 12, 1963, Folge 1/2, S. 36–59.

Ebhardt, R.: *Hebbel* als Novellist. 1916.

Kreuzer, Inge: Hebbel als Novellist, in: Kreuzer, H.: Hebbel in neuer Sicht. 1963, S. 150–163.

Mäder, P.: *Gotthelfs* historische Novellistik u. ihre Quellen. 1932.

Sieper, C.: Der historische Roman und die historische Novelle bei *Raabe* u. *Fontane*. 1930.

Martini, F.: W. Raabes »Höxter u. Corvey«, in: Der Deutschunterricht 1953, H. 1, S. 76–91.

Besch, L.: Die künstlerische Gestaltung der Novelle »Zwischen Himmel und Erde« [*Otto Ludwig*], in: GRM 31, 1943, S. 19ff.

Weigand, H. J.: Zu Otto Ludwigs »Zwischen Himmel u. Erde«, in: Monatshefte (Wisconsin) 38, 1946, S. 385–402.

Mitchel, R. M.: *Heyse* and his predecessors in the theory of the Novelle. 1915.

Zincke, P.: Paul Heyses Novellen-Technik. Dargestellt auf Grund einer Untersuchung der Novelle »Zwei Gefangene«. [1928].

Schunicht, M.: Die Novellentheorie und Novellendichtung Paul Heyses, Diss. Münster 1957.

d) Die Novelle der Moderne und die Entwicklung zur Kurzgeschichte

Je mehr man sich der „Moderne“ nähert, um so schwieriger wird es, an einem genauer abgegrenzten Begriff der Novelle festzuhalten, da sich zweifellos die Vermischung mit dem Roman auf der einen Seite, aber auch die mit der Anekdote und der Kurzgeschichte auf der anderen hier immer stärker abzeichnet. Während sich die deutsche Novelle des bürgerlichen Realismus relativ selbständig entwickelt hat, wird gegen Ende des Jahrhunderts der Einfluß des Auslandes sehr viel deutlicher. Für Frankreich müssen vor allem die wichtigen Novellen-Sammlungen GUY DE MAUPASSANTS genannt werden. Kaum ein anderer Dichter hat so wie er die Kunst der präzisen Kürze beherrscht. In Italien tritt später LUIGI PIRANDELLO hervor (»Novelle per un anno«, 1937). Für Deutschland sei besonders der mit Unrecht inzwischen fast vergessene baltische Erzähler EDUARD VON KEYSERLING hervorgehoben, dessen novellistisches Erzählen sich zwischen Ironie und Lyrik bewegt, ferner der immer noch zu sehr unterschätzte ARTHUR SCHNITZLER mit seinem besonderen Sinn für Takt und Gewichtsverteilung schon in seinen Anfängen, wie etwa in den der Kurzgeschichte sich nähernden Novellen »Die Toten schweigen« (1897) und »Leutnant Gustl« (1901) – das bedeutende Spätwerk dieser Prosa, vor allem die »Traumnovelle« (1926) und »Die Flucht in die Finsternis« (1931), ist in seinen Paradoxien von Wahn und Wirklichkeit bis heute so gut wie unerschlossen. Dazu gehören ferner als durchaus dominierend THOMAS MANN und HUGO VON HOFMANNSTHAL und schließlich auch – in allerdings sehr eigenwilliger parabolischer Darbietungsform – FRANZ KAFKA. Die Novelle wird am Ausgang des Jahrhunderts in der Abkehr von der stofflich naturalistischen Darstellung zur abstrahierenden, ja geradezu dem Stenographischen (Paul Ernst) sich nähernden Kunstform, besonders geeignet, das Gesetz von der Eigenbewegung des künstlerischen Stoffes sichtbar zu machen, das PAUL ERNST mit Nachdruck hervorgehoben hat. Damit ergibt sich auch eine allmähliche Abkehr von der psychologisierenden Darstellungsform zugunsten einer mehr konstruktiven, in der die Form als Form über die bloße Sinnlosigkeit des Zufalls triumphieren soll. Das bedeutet z.B. bei Paul Ernst ein Zurücklenken zur Straffheit und Einlinigkeit überlieferter romanischer Novellenformen (z. B. in seinen sehr charakteristischen »Komödianten- und Spitzbubengeschichten«). Das Indirekte der Aussage, die Möglichkeit zur Ironie, das Spiel des Erzählers mit dem Erzählten, hinter dem er sich verhüllt, das fragmentarische Offenlassen, die Neigung zur gebrochenen oder gar bewußt versteckten Pointe, das Kunstvolle in der absichtsreichen, aber die Absicht immer wieder verdeckenden Gestaltung, die Verknappung in symbolischen Zeichen und Verweisungen, die gewollte Beschränkung auf den kleinen Raum und das Experimentierende solcher Isolierung – das alles sind zwar stilistische Züge, die sich im Umkreis der modernen Prosa überhaupt entwickeln, die aber gerade im novellistischen Erzählen einen neuen Spielraum erhalten. Das mag zum Teil zur Zertrümmerung überlieferter Novellenformen führen, und dahin gehört sicher auch die vor allem in England und Amerika entwickelte 'short story'. Aber ebenso erlaubt es eine weitere Verfeinerung und virtuosenhafte Anwendung der uralten Tradition novellistischen Erzählens. Bereits THOMAS MANN mit seinem zugleich auf die Synthese abzielenden antithetischen Stil, seiner Kunst der erhellenden Bewußtseinssteigerung, seiner Präzision der Analyse, seiner nunmehr musikalischen Verwendung von Leitmotiven und seiner Ironie als dem Vorbehalt des Erzählers gegen das Erzählte schafft höchst komplizierte novellistische Gebilde. »Tonio Kröger« (1903) und »Der Tod in Venedig« (1911) seien besonders hervorgehoben. Hier ist das literarische Kunstwerk mit seinem differenzierten und vielseitigen Funktionalismus und seinen symbolischen Verweisungen zum artistischen Experiment geworden. HUGO VON HOFMANNSTHAL hat dann vor allem mit der »Reitergeschichte« (1898), mit dem »Erlebnis des Marschalls von Bassompierre« (1900) und »Lucidor« (1910) die psychologisierende Darstellungsform bereits durch jenen unendlichen symbolischen Bezug überwunden, mit dem das als wirklich und als ereignishaft Erzählte noch aus einer unbegreiflichen Tiefe des Lebens heraus gestaltet wurde. Bei ROBERT MUSIL in der Novellengruppe »Drei Frauen« (1924) und in der kurzen Erzählung »Die Amsel« (1928) mit ihrer dreifachen Spiegelung fallen artistische und metaphysische Zeichensprache geradezu zusammen, und die Erzählung als Ganzes gewinnt noch zeichenhaften Charakter. FRANZ KAFKA wiederum schuf mit Parabeln wie »Ein Hungerkünstler« (1921/24), »Die Verwandlung« (1912/1915), »Das Urteil« (1912) und »In der Strafkolonie« (1914) eine über die Stilmittel des Realismus weit hinausgehende fiktive dichterische Welt, die uns trotzdem mit ihrem beklemmenden Grauen und dem unheimlich Befremdenden so in ihren Bann zieht, als ob sie wirklicher wäre als die als Schein enthüllte Zuverlässigkeit unseres gegenständlich-empirischen Daseins. Wieweit man freilich solche Darstellungsform noch novellistisch nennen darf, ist eine Frage für sich. Noch unerforschter ist bis heute die Bedeutung Kafkas für die Entwicklung der deutschen Kurzgeschichte, obwohl zahlreiche seiner kleineren Erzählungen eindeutig zu dieser Gattung gehören. Hierin ist ROBERT WALSER sein Vorläufer und Zeitgenosse.

Die *Kurzgeschichte* scheint überhaupt eines der Formexperimente der Moderne zu sein. Doch auch sie hat schon ihre europäische Vorgeschichte. Diese ist in dem Buch von H.E. BATES »The Modern Short Story« vorzüglich beschrieben worden. EDGAR ALLAN POE und NICOLAI GOGOL, beide 1809 geboren, der eine in den USA, der andere in Rußland, sind die modernen Ahnen der Kurzgeschichte. Beide starben fast gleichaltrig, Poe 1849, Gogol 1852. DOSTOJEWSKI sagt einmal bezeichnenderweise über Gogols Einfluß auf die Moderne: „Wir sind alle vom »Mantel« ausgegangen." In der Tat wirkt diese Kunst des visuellen Schreibens, der strikten Objektivität, der ebenso exakten wie grotesken Phantasie weiter bis zu KAFKA, aber auch bis zu den modernen angelsächsischen Autoren. Das gleiche gilt, wenn auch eingeschränkter, von Poes Sinn für das Atmosphärische, von seiner nahezu hypnotischen Kraft und mathematischen Genauigkeit, ohne die bereits die nächste amerikanische Schriftstellergeneration nicht denkbar wäre: HERMAN MELVILLE, BRET HARTE, AMBROSE BIERCE, SARAH ORNE JEWETT, O. HENRY [=WILLIAM SIDNEY PORTER], STEPHAN CRANE. Nach einem vorübergehenden Verfall in allzu stereotype Formen erreicht die amerikanische Kurzgeschichte, zum Teil auch unter dem Einfluß europäischer Vorbilder, in der Gegenwart einen zweiten Höhepunkt.

Es ist gewiß nicht zufällig, daß es gerade der Kontinent ohne Tradition und ohne europäische Klassengegensätze ist, der die Kurzgeschichte so rasch aufgriff. Sie kam dem amerikanischen Temperament entgegen und eignete sich besonders gut für eine Gesellschaft, in der die Menschen schneller und dramatischer handelten, vielleicht auch schneller dachten als in Europa. Die moderne amerikanische Demokratie fand mit ihrer Frische des Zupackens in der Kurzgeschichte, in ihrer Lebhaftigkeit und Farbigkeit und ihrem unverbrauchten Gefühl eine besonders glückliche literarische Ausdrucksform. War nicht hier, zum mindesten seit 1918, dem Dichter die Freiheit gegeben, zu schreiben, *wie* er wollte und *worüber* er wollte?

Aber auch in England hat die 'short story' ihre eigene, diesmal weiter zurückreichende, an die Gesellschaft geknüpfte Tradition. Bezeichnenderweise gibt es im Englischen außer 'novelette' kein Wort, das etwa unserem 'Novelle' entspräche, denn 'novel' heißt ja 'Roman'. Weit mehr noch als in Amerika empfängt die Kurzgeschichte entscheidende Anregungen vom Ausland, insbesondere von ANTON TSCHECHOW, GUY DE MAUPASSANT und ERNEST HEMINGWAY. Noch SOMERSET MAUGHAM ist ein Anhänger Maupassants. Typisierend tritt sie uns bei HENRY JAMES entgegen, als Abenteuergeschichte bei ROBERT LOUIS STEVENSON und RUDYARD KIPLING. Oft stand sie, wie bei ALDOUS HUXLEY, VIRGINIA WOOLF, JAMES JOYCE, DAVID HERBERT LAWRENCE in engster Verbindung mit dem Roman. Die erfolgreichsten Autoren waren RUDYARD KIPLING und HERBERT GEORGE WELLS; zu den bedeutendsten modernen Novellisten gehört KATHERINE MANSFIELD, die sich auf Tschechow beruft.

Seit dem Ende des 19. Jahrhunderts werden MAUPASSANT und TSCHECHOW die beiden großen ausländischen Anreger. Beide Autoren sind von einer unerschöpflichen Neugierde auf alles Menschliche besessen; beide kennen aber auch genau den Augenblick, wann sie genug gesagt hatten. Während jedoch der schnelle, logische, brillante Maupassant, der nichts dem Zufall überläßt, seine Gestalten mit den Augen eines Rechtsanwaltes betrachtet, der sich von ihnen distanziert und sie ihrem eigenen Müssen und ihrer eigenen Verantwortung überläßt, ist Tschechow zufälliger, skizzenhafter, zarter und sieht sein gleichfalls ungeheuer reiches Figurenpanorama mit den Augen eines Arztes, der immer nach dem Warum fragt und oft in einer Kleinigkeit, ja in einer Trivialität den Schlüssel zur Lösung seelischer Probleme findet. Tschechow verlangt vom Leser, daß er die Verantwortung für die Gestalten mitvollzieht, und es sind nur sehr wenige Figuren, denen er, so unerbittlich seine Darstellung sein kann, die verstehende Güte vorenthält. Maupassant legt die Wirklichkeit in ihrer ganzen Brutalität und Schönheit Stück für Stück bloß, und die Kürze der Form wird zum Zeichen dafür, daß jedes unnötige Wort die Wahrheit dieser Wirklichkeit nur verschleiert; Tschechow hingegen erzählt in Andeutungen, weil er weiß, daß sich der Reichtum der Bezüge niemals voll erfassen und aussagen läßt.

Mit diesen beiden großen Meistern erreichte das Zeitalter der europäischen Kurzgeschichte bereits seinen ersten Höhepunkt. Es hat jedoch auch sonst noch glanzvolle Namen wie Tolstoj, Turgenjew, Gorki, Dostojewski, Garnett, Daudet und Anatole France aufzuweisen. Deutschland blieb damit verglichen konservativer. Wilhelm Schäfers »Anekdoten« wachsen durchaus aus der überlieferten deutschen Novellistik heraus, und der Autor selbst wollte sie gattungsmäßig auch als Novellen verstanden haben. In den ›Mitteilungen der Literarhistorischen Gesellschaft Bonn‹ (11, 1919) hat freilich auch er sich gegen Heyses Falkentheorie ausgesprochen. Für Josef Ponten bedeutete, wie so oft in der Moderne, die Novelle den „Sprung ins Abenteuer" (1942). Hans Franck wiederum wird in seinem Buch »Deutsche Erzählkunst« (1922) zum Theoretiker der expressionistischen Erzählweise und erhebt für die psychologische Novellistik der Gegenwart die Forderung, daß sie den Sonderfall durch „zweckvolle Konstruktion, Steigerung ins Ungemessene, Phantastische, Überrationale" herausarbeiten soll. Aber auch zur Theorie der Kurzgeschichte als einer nicht bloß *kurzen*, sondern *prägnanten* Geschichte hat Franck als einer der ersten in Deutschland hingefunden. Werner Bergengruens reiche Novellenproduktion – seine Erzählungen »Drei Falken« und »Der spanische Rosenstock« seien stellvertretend genannt – entfaltete sich organisch aus dem baltischen Raum; Bergengruen schuf kunstvoll erzählte Gebilde, die in der Neigung zum Phantastischen die romantische Tradition E. T. A. Hoffmanns wieder aufnehmen und selbständig weiterführen. „Sprung ins Abenteuer" – so könnte es auch bei ihm heißen. Aus dem weitverzweigten Umkreis zeitgenössischer deutscher Novellistik des 20. Jahrhunderts seien hier wenigstens noch Wilhelm von Scholz mit seinen zum Mysteriösen neigenden Geschichten, ferner Hermann Hesse, Emil Strauss, Gerhart Hauptmann mit seiner späteren Prosa wie »Der Ketzer von Soana« (1918), Stefan Zweig, Franz Werfel, Stefan Andres,

Friedrich Georg Jünger, Carl Zuckmayer (»Die Fastnachtsbeichte«, 1960) und Gertrud von le Fort genannt, wenn auch eine solche Aufzählung, die sich durchaus noch mit Namen wie Rudolf G. Binding, Ernst Wiechert, Hans Grimm u. a. erweitern ließe, mehr oder weniger etwas Beliebiges behält. Denn wer will entscheiden, was von alledem schneller oder langsamer in Vergessenheit geraten wird, ja sogar jetzt schon vergessen ist oder auch umgekehrt erneut entdeckt werden kann!

Novellen wie Günter Grass' »Katz und Maus« (1961) (mit dem Untertitel: »Eine Novelle«) zeigen, wie sehr der Prozeß der Auflösung der Gattung Novelle in der Moderne gediehen ist. Grass' Erzählung ist ein Romanfragment oder ein ironisch erzählter kleiner Roman; zur Novelle fehlt ihr eigentlich alles, was diese bisher ausmachte. Die deutsche Kurzgeschichte der Gegenwart mit ihren Autoren: Heinrich Böll, Elisabeth Langgässer, Ilse Aichinger, Ernst Kreuder, Kurt Kusenberg, Wolfgang Hildesheimer, Wolfdietrich Schnurre ist meist von der überragenden angelsächsischen Überlieferung oder von Kafka abhängig. Erzählungen wie Wolfgang Borcherts »An diesem Dienstag« und Hans Benders »Die Wölfe kehren zurück« sind jedoch eher Skizzen als Kurzgeschichten. Besonders erwähnt seien noch Bertolt Brechts »Kalendergeschichten«, weil in ihnen, ebenso wie in den knappen »Geschichten vom Herrn Keuner«, die fordernde, sozial-revolutionäre Seite der modernen Kurzgeschichte besonders hervortritt. Eine Sammlung von 46 Kurzgeschichten hat Benno von Wiese in der Fischer-Bücherei (Bd 500, 1962) unter dem Titel »Deutschland erzählt« herausgegeben.

Noch schwerer als bei der Novelle ist eine nähere Bestimmung der Kurzgeschichte. Im Gegensatz zur Novelle bevorzugt sie meist die offene Form und kennt nur selten rückwärtige oder zukünftige Digressionen. Aber bereits Wilhelm Schäfer, und ähnlich dann Thomas Mann, spricht von dem „unerhört wichtigen ersten Satz". Oft besitzt sie kaum eine Entwicklung oder eine Handlung, sondern gibt statt dessen Stimmung und Atmosphäre, und ihre Struktur entschlüsselt sich häufig erst vom Schluß her. Sie stellt mehr in Frage, als daß sie Lösungen bereithält. Jedoch auch die Fiktion der Standortlosigkeit ist dann selbst noch ein bestimmter, sei es künstlerischer, sei es weltanschaulicher Standort. Als pointierende Prosaerzählung von meist sehr geringem oder gar geringstem Umfang steht sie zwischen Novelle, Anekdote, Kalendergeschichte und Skizze. Verschiedene Zeiten oder auch verschiedene Schauplätze werden jedoch oft simultanartig in ihr zusammengeschaut, so daß sie dann dem Entwurf eines Romans näher kommt als der Gattung Novelle. Wenn in der Anekdote mehr der Charakter beleuchtet wird, so in der Kurzgeschichte mehr die Situation. Aber auch daran ist sie keineswegs gebunden. Am ehesten wird man von ihr sagen dürfen, daß sie die freieste Form prosaischer Darstellung ist, die in hohem Maße in ihrem künstlerischen Rang lediglich von der Aussage- und Formkraft des jeweiligen Dichters her beurteilt werden kann. Da sie auf die überlieferte Tradition einer Gattung verzichten darf, vermag sie dem Künstler den weitesten subjektiven Spielraum zu geben. Weniger als andere Formen der Dichtung ist sie erlernbar oder übertragbar. Sie kann durch keine andere Stilform ersetzt werden, und gerade darum wird sie für unsere Epoche und ihr auf Zeitschriften und Zeitungen angewiesenes Unterhaltungsbedürfnis zu einem unentbehrlichen Darstellungsmittel. Sie versteht es, alle Register zu ziehen, vom Überraschungseffekt über das Lachen hinter Tränen bis zur gesellschaftlichen Satire, zur Melancholie des Todes oder zum Konflikt von Sein und Schein des Lebens. Sie ist manchmal der Novelle zum Verwechseln ähnlich, manchmal aber auch der bloßen Anekdote, ja der Zeitungsreportage. Sie ist vielleicht die Gestaltungsform, in der das Diskontinuierliche, das Abgerissene und grenzenlos Gespaltene des modernen Lebensbewußtseins, aber auch der entschiedene Wille zur Wahrhaftigkeit, besonders eindringlich in Erscheinung tritt. So vermag sie sich ihr Stoffreservoir aus dem banalen Alltag zu holen, liebt aber ebenso das Extreme der Grenzsituationen an der Schwelle zum Übersinnlichen. Auch wo sie sich naiv bis zum Gossenhaften gibt, ist sie oft voller stilistischer Raffinesse. Gerade im scheinbar Anspruchslosen will sie uns vom Ballast der Konvention und der Tradition befreien. Mit allen diesen, auch improvisierenden Zügen ist sie gewiß eine Darbietungsform unserer Epoche. Denn das schockhafte Grauen, das für den Einzelnen oft durch das moderne Zeitalter der Massen ausgelöst wird, die richtende Abrechnung mit der bürgerlichen Welt, die radikale Ablehnung der Tradition, das alles sind Erfahrungen und Erlebnisse unseres Jahrhunderts. Es ist durchaus verständlich, daß sie sich sehr oft mit der modernsten, wandelbarsten und vielleicht zukunftsvollsten literarischen Form verbinden mußten, die wir heute besitzen, – mit der Kurzgeschichte. Erst eine spätere Zeit wird uns darüber belehren können, wieweit sich die Novelle als Gattung weiter neben ihrer legitimen oder gar illegitimen Erbin, der Kurzgeschichte, behaupten wird.

Literatur:

PYRITZ, H.: Mensch u. Schicksal in der deutschen Novelle des 20. Jhs, in: Dichtung u. Volkstum 42, 1942, S. 76–94.

BRAEM, H. M.: Die Novelle im 20. Jh. – ein Paradoxon, in: Dt. Rundschau 80, 1954, S. 574–76.

KUNZ, J.: Die deutsche Novelle im 20. Jahrhundert, 1977.

SEIDLER, H.: Österreichische Novellenkunst im 20. Jh. 1970.

FLORIN, M.: *Paul Ernst* als Novellist. Diss. Münster 1936.

BODARWE, E.: Der Stil der verdeckten Bedeutung in Ernsts Novellen. Diss. Bonn 1933.

POLHEIM, K.: Paul Ernsts Straßenraub-Novelle als Kunstwerk u. in ihrer Entwicklung. 1962.

SCHRIMPF, H. J.: *Arthur Schnitzlers* Traumnovelle, in: ZfdPh. 82, 1963, H. 2, S. 172–192.

Traumnovelle. Mit einem Nachwort von H. SPIEL, Frankfurt a. M. 1976.

MAIER, W.: Moderne Novelle (*G. Grass*' »Katz und Maus«), in: Sprache im technischen Zeitalter 1961, S. 68–71.

BLAUHUT, R.: Österreichische Novellistik des 20. Jh. 1966.

Zur Kurzgeschichte:

ATZENBECK, C.: Die deutsche Kurzgeschichte, in: Die Scholle 13, 1937, S. 732–735.

BATES, H. E.: The modern Short Story. 1945 ([1]1941).

BEHL, C. F. W.: Über das Anekdotische, in: Die Literatur 38, 1935/1936, S. 8–11.

BEHRMANN, A.: So schreibt man Kurzgeschichten, 1956, [2]1959.

BENDER, H.: Ortsbestimmung der Kurzgeschichte, in: Akzente 9, 1962, S. 205–225.

BENN, M.: Heinrich Bölls Kurzgeschichten, in: Böll. Untersuchungen zum Werk, 1975, S. 165–179.

BIENENSTEIN, K.: Kurze Geschichten, in: LE 6, 1904, Sp. 1344–1347.

BRANDT, TH. O.: The Modern German Kurzgeschichte, in: Monatshefte (Wisconsin) 44, 1952, S. 79–84.

CANBY, H. S.: The short story in English, in: Yale Studies in English XII, 1902, ³1935.

DAMRAU, H. M.: Studien zum Gattungsbegriff Kurzgeschichte, Diss. Bonn 1966.

DODERER, K.: Die Kurzgeschichte in Deutschland, ihre Form u. ihre Entwicklung. Diss. Marburg 1952, gedruckt 1953, ²1972.

DERS.: Die angelsächsische Short Story u. die deutsche Kurzgeschichte, in: Die neueren Sprachen, N. F. 2, 1953, S. 417–427.

DERS.: Die Kurzgeschichte als literar. Form, in: Wirk.Wort 8, 1957/1958, S. 90–100.

DERS.: Artikel »Kurzgeschichte«, in: Lexikon der Weltliteratur, Bd 1, 1961.

EBING, H. A.: Die deutsche Kurzgeschichte, Wurzeln u. Wesen einer neuen literar. Kunstform. Diss. Münster 1935.

DERS.: Die Kurzgeschichte als neue Kunstform, in: Ostdt. Mh. 19, 1938, S. 377ff.

ELSTER, H. M.: Die Kurzgeschichte oder Skizze, in: Die Horen 6, 1930, S. 708–711.

ERNST, P.: Der Weg zur Form. ³1928 (1906, ²1915).

FISCHER-RAUSCH, Ä.: Unsere Zeit im Spiegel der Kurzgeschichte. In: Jb. d. Raabe-Ges. 1974, S. 8–23.

FRANCK, H.: Deutsche Erzählkunst. 1922.

FRANKE, W.: Vom Wesen der deutschen Kurzgeschichte, in: Die badische Schule 4, 1937, S. 257–277.

FRITZ, G.: Die Anfänge der Kurzgeschichte, in: Weltliteratur der Gegenwart, 1931, S. 127f.

HALM, H.: Anton Tschechows Kurzgeschichte u. deren Vorläufer. 1933. (Forschungen z. neueren Lit.-Gesch. Bd 67.)

HIRSCHMANN, O.: Die Kurzgeschichte – eine gattungs-, form- u. stilgeschichtliche Untersuchung. Diss. Wien 1933.

HÖLLERER, W.: Die kurze Form der Prosa, in: Akzente 9, 1962, H. 3, S. 226–245.

INTERPRETATIONEN moderner Kurzgeschichten, hrsg. v. d. Fachgruppe Deutsch-Geschichte im Bayr. Philologenverband. 1956.

INTERPRETATIONEN zu Erzählungen der Gegenwart (Hirschgraben-Lesereihe). 1964.

JÄCKEL, G., ROISCH, U.: Große Form in kleiner Form. Zur sozialistischen Kurzgeschichte, Halle 1974.

KAHNERT, W.: Objektivismus. Gedanken über einen neuen Literaturstil nebst 4 Erzählungen. 1946.

KEMPTON, K. P.: The Short Story, 1954.
KILCHENMANN, R. J.: Die deutsche Kurzgeschichte. Form und Entwicklung, 1967, ²1968, ⁵1978.
KIRCHNER, E.: Short Story, in: Frankfurter Hefte 5, 1950, S. 507 ff.
KLEIN, J.: Geschichte der deutschen Novelle von Goethe bis zur Gegenwart. ⁴1960. S. 16 ff.
DERS.: Artikel »Kurzgeschichte«, in: RL Bd 1, ²1958.
VON KRAFT, H.: Die Kurzgeschichte als Gegebenheit u. als Idee. Diss. Münster 1943.
KRELL, M.: Kondensierte Lektüre – Gedanken über die Kurzgeschichte, in: Neue literar. Welt 4, 1953, Nr 10, S. 2.
KUSENBERG, K.: Über die Kurzgeschichte, in: Merkur 19, 1965, Heft 9, S. 830–838.
LANGER, F.: Die Kurzgeschichte, in: Die Literatur 32, 1929/30, S. 613 f.
LANGGÄSSER, E.: Das Kreuz der Kurzgeschichte, in: Süddt. Ztg. vom 9. 12. 1949.
LORBE, R.: Die deutsche Kurzgeschichte der Jahrhundertmitte, in: Der Deutschunterricht 9, 1957, H. 1, S. 36–54.
MATTHEW, J. B.: The Philosophy of the Short Story. 1901.
MERTNER, E.: Zur Theorie der Short Story in England u. Amerika, in: Anglia 65, 1941, S. 188–205.
MOTEKAT, H.: Gedanken zur Kurzgeschichte mit einer Interpretation der Kurzgeschichte »So ein Rummel« von Heinrich Böll, in: Der Deutschunterricht 9, 1957, H. 1, S. 20–35.
PIEDMONT, F.: Zur Rolle des Erzählers in der Kurzgeschichte, in: ZfdPh. 92, 1973, S. 537–552.
PIONTEK, H.: Graphik in Prosa – Ansichten über die deutsche Kurzgeschichte, in: Merkur 13, 1959, S. 275–283.
PONGS, H.: Die Anekdote als Kunstform zwischen Kalendergeschichte u. Kurzgeschichte, in: Der Deutschunterricht 9, 1957, H. 1, S. 5–20; DERS.: Artikel »Kurzgeschichte«, in: Das kleine Lexikon der Weltliteratur, ²1956
REITZ, H.: Wie schreibt man Kurzgeschichten?, in: Welt u. Wort, ⁴1949, S. 364 ff.
ROHNER, L.: Theorie der Kurzgeschichte. 1973, 2. verbesserte Auflage 1976.
SCHÄFER, W.: Wie entstanden meine Anekdoten? in: Mitteilungen der Literatur. Gesellschaft Bonn 5, 1910, S. 203–225.
DERS.: Glosse über die Anekdote, in: Berliner Tageblatt 25. 8. 1935.
SCHMIDTBONN, W.: Kurze Geschichten, in: LE 7, 1904/05, Sp. 908 f.
SCHNABEL, E.: Die amerikanische Story, in: Nordwestdeutsche Hefte 1, 1946, Heft 2, S. 25–28.

SCHNURRE, W.: Zur Problematik der Kurzgeschichte. Kritik u. Waffe, in: Dt. Rundschau 87, 1961, S. 61–66.

VON SCHOLZ, W.: Die Kunst der kurzen Erzählung, in: Die Sendung der Dichter. Festschrift. 1956, S. 65–75.

STRÖTER, M. M.: Zum Begriff der Kurzgeschichte, in: Der dt. Schriftsteller I, 1936, S. 34–36.

VON TAUBE, O.: Die Novelle u. a. Erzählungsformen, in: Das Innere Reich 2, 1935, S. 643 ff.

THIEMERMANN, F.-J.: Kurzgeschichten im Deutschunterricht. Texte – Interpretationen – Methodik – Hinweise. 1967.

UNSELD, S.: An diesem Dienstag, Unvorgreifliche Gedanken über die Kurzgeschichte, in: Akzente 2, 1955, S. 139–148.

WAIDSON, H. M.: The German Short Story as a Literary Form, in: Modern Languages 40, 1959, S. 121–127.

WARD, A. C.: Aspects of the modern short story, English and American. 1924.

VON WIESE, B.: Deutschland erzählt. Von Arthur Schnitzler bis Uwe Johnson. (Fischer-Bücherei. Bd 500.) 1962 u. ö. (enthält außer einer Einführung 46 Kurzgeschichten aus der modernen deutschen Dichtung).

WIPPERMANN, H.: Zur Soziologie der deutschen Kurzgeschichte, in: Priester und Arbeiter[9], 1959, S. 10–110.

ZIEROTT, K.-H.: Die Kurzgeschichte in Literatur u. Presse. Diss. München 1952.

Register

SAMMLUNG METZLER

M 1 Raabe *Einführung in die Bücherkunde*
M 4 Grimm *Bertolt Brecht*
M 5 Moser *Annalen der deutschen Sprache*
M 6 Schlawe *Literarische Zeitschriften 1885–1910*
M 7 Weber/Hoffmann *Nibelungenlied*
M 8 Meyer *Eduard Mörike*
M 9 Rosenfeld *Legende*
M 10 Singer *Der galante Roman*
M 12 Nagel *Meistersang*
M 13 Bangen *Die schriftliche Form germanist. Arbeiten*
M 14 Eis *Mittelalterliche Fachliteratur*
M 15 Weber/Hoffmann *Gottfried von Straßburg*
M 16 Lüthi *Märchen*
M 17 Wapnewski *Hartmann von Aue*
M 18 Meetz *Friedrich Hebbel*
M 19 Schröder *Spielmannsepik*
M 20 Ryan *Friedrich Hölderlin*
M 22 Danzel *Zur Literatur und Philosophie der Goethezeit*
M 24 Schlawe *Literarische Zeitschriften 1910–1933*
M 25 Anger *Literarisches Rokoko*
M 26 Wodtke *Gottfried Benn*
M 27 von Wiese *Novelle*
M 28 Frenzel *Stoff-, Motiv- und Symbolforschung*
M 29 Rotermund *Christian Hofmann von Hofmannswaldau*
M 30 Galley *Heinrich Heine*
M 31 Müller *Franz Grillparzer*
M 32 Wisniewski *Kudrun*
M 33 Soeteman *Deutsche geistliche Dichtung des 11. u. 12. Jh.s*
M 34 Taylor *Melodien des Mittelalters I: Darstellung*
M 35 Taylor *Melodien des Mittelalters II: Materialien*
M 36 Bumke *Wolfram von Eschenbach*
M 37 Engel *Handlung, Gespräch u. Erzählung. Faksimiledruck*
M 38 Brogsitter *Artusepik*
M 40 Halbach *Walther von der Vogelweide*
M 41 Hermand *Literaturwissenschaft und Kunstwissenschaft*
M 43 Glinz *Deutsche Syntax*
M 44 Nagel *Hrotsvit von Gandersheim*
M 45 Lipsius *Von der Bestendigkeit. Faksimiledruck*
M 46 Hecht *Christian Reuter*
M 47 Steinmetz *Die Komödie der Aufklärung*
M 48 Stutz *Gotische Literaturdenkmäler*
M 49 Salzmann *Kurze Abhandlungen. Faksimiledruck*
M 50 Koopmann *Friedrich Schiller I: 1759–1794*
M 51 Koopmann *Friedrich Schiller II: 1794–1805*
M 52 Suppan *Volkslied*
M 53 Hain *Rätsel*
M 54 Huet *Traité de l'origine des romans. Faksimiledruck*

M 55 Röhrich *Säge*
M 56 Catholy *Fastnachtspiel*
M 57 Siegrist *Albrecht von Haller*
M 58 Durzak *Hermann Broch*
M 59 Behrmann *Einführung in die Analyse von Prosatexten*
M 60 Fehr *Jeremias Gotthelf*
M 61 Geiger *Reise eines Erdbewohners i. d. Mars. Faksimiledruck*
M 62 Pütz *Friedrich Nietzsche*
M 63 Böschenstein-Schäfer *Idylle*
M 64 Hoffmann *Altdeutsche Metrik*
M 65 Guthke *Gotthold Ephraim Lessing*
M 66 Leibfried *Fabel*
M 67 von See *Germanische Verskunst*
M 68 Kimpel *Der Roman der Aufklärung (1670–1774)*
M 69 Moritz *Andreas Hartknopf. Faksimiledruck*
M 70 Schlegel *Gespräch über die Poesie. Faksimiledruck*
M 71 Helmers *Wilhelm Raabe*
M 72 Düwel *Einführung in die Runenkunde*
M 73 Raabe *Einführung in die Quellenkunde*
M 74 Raabe *Quellenrepertorium*
M 75 Hoefert *Das Drama des Naturalismus*
M 76 Mannack *Andreas Gryphius*
M 77 Straßner *Schwank*
M 78 Schier *Saga*
M 79 Weber-Kellermann *Deutsche Volkskunde*
M 80 Kully *Johann Peter Hebel*
M 81 Jost *Literarischer Jugendstil*
M 82 Reichmann *Germanistische Lexikologie*
M 83 Haas *Essay*
M 84 Boeschenstein *Gottfried Keller*
M 85 Boerner *Tagebuch*
M 86 Sjölin *Einführung in das Friesische*
M 87 Sandkühler *Schelling*
M 88 Opitz *Jugendschriften. Faksimiledruck*
M 89 Behrmann *Einführung in die Analyse von Verstexten*
M 90 Winkler *Stefan George*
M 91 Schweikert *Jean Paul*
M 92 Hein *Ferdinand Raimund*
M 93 Barth *Literarisches Weimar. 16.–20. Jh.*
M 94 Könneker *Hans Sachs*
M 95 Sommer *Christoph Martin Wieland*
M 96 van Ingen *Philipp von Zesen*
M 97 Asmuth *Daniel Casper von Lohenstein*
M 98 Schulte-Sasse *Literarische Wertung*
M 99 Weydt *H. J. Chr. von Grimmelshausen*
M 100 Denecke *Jacob Grimm und sein Bruder Wilhelm*
M 101 Grothe *Anekdote*
M 102 Fehr *Conrad Ferdinand Meyer*
M 103 Sowinski *Lehrhafte Dichtung des Mittelalters*
M 104 Heike *Phonologie*
M 105 Prangel *Alfred Döblin*
M 106 Uecker *Germanische Heldensage*
M 107 Hoefert *Gerhart Hauptmann*
M 108 Werner *Phonemik des Deutschen*

M 109 Otto *Sprachgesellschaften des 17. Jh.*
M 110 Winkler *George-Kreis*
M 111 Orendel *Der Graue Rock (Faksimileausgabe)*
M 112 Schlawe *Neudeutsche Metrik*
M 113 Bender *Bodmer/Breitinger*
M 114 Jolles *Theodor Fontane*
M 115 Foltin *Franz Werfel*
M 116 Guthke *Das deutsche bürgerliche Trauerspiel*
M 117 Nägele *J. P. Jacobsen*
M 118 Schiller *Anthologie auf das Jahr 1782 (Faksimileausgabe)*
M 119 Hoffmeister *Petrarkistische Lyrik*
M 120 Soudek *Meister Eckhart*
M 121 Hocks/Schmidt *Lit. u. polit. Zeitschriften 1789–1805*
M 122 Vinçon *Theodor Storm*
M 123 Buntz *Die deutsche Alexanderdichtung des Mittelalters*
M 124 Saas *Georg Trakl*
M 126 Klopstock *Oden und Elegien (Faksimileausgabe)*
M 127 Biesterfeld *Die literarische Utopie*
M 128 Meid *Barockroman*
M 129 King *Literarische Zeitschriften 1945–1970*
M 130 Petzoldt *Bänkelsang*
M 131 Fischer *Karl Kraus*
M 132 Stein *Epochenproblem »Vormärz« (1815–1848)*
M 133 Koch *Das deutsche Singspiel*
M 134 Christiansen *Fritz Reuter*
M 135 Kartschoke *Altdeutsche Bibeldichtung*
M 136 Koester *Hermann Hesse*
M 138 Dietz *Franz Kafka*
M 140 Groseclose/Murdoch *Ahd. poetische Denkmäler*
M 141 Franzen *Martin Heidegger*
M 142 Ketelsen *Völkisch-nationale und NS-Literatur*
M 143 Jörgensen *Johann Georg Hamann*
M 144 Schutte *Lyrik des deutschen Naturalismus (1885–1893)*
M 145 Hein *Dorfgeschichte*
M 146 Daus *Zola und der französische Naturalismus*
M 147 Daus *Das Theater des Absurden*
M 148 Grimm u. a. *Einführung in die frz. Lit.wissenschaft*
M 149 Ludwig *Arbeiterliteratur in Deutschland*
M 150 Stephan *Literarischer Jakobinismus in Deutschland*
M 151 Haymes *Das mündliche Epos*
M 152 Widhammer *Literaturtheorie des Realismus*
M 153 Schneider *A. v. Droste-Hülshoff*
M 154 Röhrich-Mieder *Sprichwort*
M 155 Tismar *Kunstmärchen*
M 156 Steiner *Georg Forster*
M 157 Aust *Literatur des Realismus*
M 158 Fähnders *Proletarisch-revolutionäre Literatur*
M 159 Knapp *Georg Büchner*
M 160 Wiegmann *Geschichte der Poetik*
M 161 Brockmeier *François Villon*
M 162 Wetzel *Romanische Novelle*
M 163 Pape *Wilhelm Busch*
M 164 Siegel *Die Reportage*
M 165 Dinse/Liptzin *Jiddische Literatur*

M 166 Köpf *Märendichtung*
M 167 Ebert *Historische Syntax d. Deutschen*
M 168 Bernstein *Literatur d. deutschen Frühhumanismus*
M 169 Leibfried/Werle *Texte z. Theorie d. Fabel*
M 170 Hoffmeister *Deutsche u. europ. Romantik*
M 171 Peter *Friedrich Schlegel*
M 172 Würffel *Das deutsche Hörspiel*
M 173 Petersen *Max Frisch*
M 174 Wilke *Zeitschriften des 18. Jahrhunderts I: Grundlegung*
M 175 Wilke *Zeitschriften des 18. Jahrhunderts II: Repertorium*
M 176 Hausmann *François Rabelais*
M 177 Schlütter *Das Sonett*
M 178 Paul *August Strindberg*
M 179 Neuhaus *Günter Grass*
M 180 Barnouw *Elias Canetti*
M 181 Kröll *Gruppe 47*
M 182 Helferich *G. W. Fr. Hegel*
M 183 Schwenger *Literaturproduktion*
M 184 Naumann *Literaturtheorie u. Geschichtsphilosophie, Teil I*
M 185 Paulin *Ludwig Tieck*
M 186 Naumann *Adalbert Stifter*
M 187 Ollig *Der Neukantianismus*
M 188 Asmuth *Dramenanalyse*
M 189 Haupt *Heinrich Mann*
M 190 Zima *Textsoziologie*
M 191 Nusser *Der Kriminalroman*
M 192 Weißert *Ballade*
M 193 Wolf *Martin Luther*
M 194 Reese *Literarische Rezeption*
M 195 Schrimpf *Karl Philipp Moritz*
M 196 Knapp *Friedrich Dürrenmatt*
M 197 Schulz *Heiner Müller*
M 198 Pilz *Phraseologie*
M 199 Siegel *Sowjetische Literaturtheorie*
M 201 Kaempfer *Ernst Jünger*
M 202 Bayertz *Wissenschaftstheorie u. Paradigma-Begriff*
M 203 Korte *Georg Heym*

J.B. METZLER